少年亮子梦

高辉明◎著

中国言实出版社

图书在版编目（CIP）数据

少年亮子梦 / 高辉明著. -- 北京 : 中国言实出版社, 2016.1(2025.4重印)

ISBN 978-7-5171-1749-0

Ⅰ. ①少… Ⅱ. ①高… Ⅲ. ①长篇小说－中国－当代 Ⅳ. ①I247.5

中国版本图书馆CIP数据核字(2016)第016870号

责任编辑： 史会美

出版发行 中国言实出版社

地　址：北京市朝阳区北苑路180号加利大厦5号楼105室

邮　编：100101

编辑部：北京市西城区百万庄大街甲16号五层

邮　编：100037

电　话：64924853（总编室）64924716（发行部）

网　址：www.zgyscbs.cn

经　销 新华书店

印　刷 三河市宏顺兴印刷有限公司

版　次 2016年4月第1版　2025年4月第3次印刷

规　格 710毫米×1000毫米　1/16　10印张

字　数 157千字

定　价 48.00元　ISBN 978-7-5171-1749-0

前　言

少年是民族的希望，也是家庭的希望。少年应从小树立正确的人生观，培养进取的思想、向上的品行，养成勤奋学习、自觉劳动、勇于创造、崇德向善的好习惯。在现实生活中，面对困难不气馁，面对挫折不低头，以少年蓬勃的朝气、进取的精神更好地构筑中华之美。

本书的主人公亮子身处逆境，却具有顽强不息的奋斗精神，具有一往无前不达目的不罢休的勇气，艰苦耐劳的冒险精神，这些都值得现代青少年学习，他那克服逆境的毅力更让人赞叹。

亮子的愿望要做一个有知识、有品德、有责任的普通青少年。他追求的是实践，实实在在的生活，以为大众服务为目的。他，敢作敢当，满腔爱国热情；他，心地善良，爱人民、爱劳动、爱科学、坚持正义，在最困难的时候勇于适应和创造生活，解决新问题。

困境可以锻炼人们的意志，受过寒冷饥饿的人更能感觉到太阳的温暖和食物的甜美，受过挫折痛苦的人才知道生命的珍贵，才能感受到生活中真正的快乐。

内蒙古地处祖国北部边疆，地域辽阔，人口众多，生活在这块土地上的各族人民，有着不同的历史经历、多样的生活习俗和优良的文化传统。他们为了生存，团结起来共同奋斗，前仆后继，不屈不挠，在复杂的生活环境中同各种反动势力进行艰苦卓绝的斗争，取得了一次次胜利，也做出来许多牺牲。他们勤劳勇敢，坚韧不拔，热爱祖国，坚持正义，创造了光辉的历史，需要我们传承、发扬、光大。

本书真实地反映了少年亮子在日本帝国主义侵略下的现实生活。对于今天的青少年具有很好的教育意义，有益于当代青少年良好家教的养成，让他们牢记历史和革命先辈艰苦奋斗的革命本色，牢记抗战胜利来之不易，胜利成果不能轻易放弃。

透过历史的眼眸，我们站在岁月的肩膀上远眺，在这承前启后的时代，青少年肩负着沉甸甸的民族责任，向着美好的未来，在民主、自由、法制这个崭新的时代里，让每一位青少年，发挥其应有的才智努力奋斗吧！

少年智则中国智，少年强则中国强，少年进步则中国进步。

本书在编辑过程中应用参考了一些文史资料，在此希望有关人士给予谅解，并对此表示深切的感谢！

本书在编辑过程中难免有不足之处，敬请广大读者谅解，并给予指正，作者表示衷心感谢！

本书得到了有关方面的大力支持和配合，再次表示感谢！

目　录

前　言……………………………………………………001

第一章　走投无路……………………………………………001
第二章　逃荒谋生……………………………………………003
第三章　遭抢劫………………………………………………006
第四章　遇见老乡……………………………………………008
第五章　妈妈生病……………………………………………015
第六章　夜宿牛头岭…………………………………………022
第七章　找到落脚点…………………………………………025
第八章　稳定的生活…………………………………………027
第九章　为了家庭生活勤奋干活……………………………032
第十章　上学…………………………………………………035
第十一章　抓鱼捉鸟…………………………………………038
第十二章　立联庄悲剧………………………………………041

第十三章　抽大烟家破人亡……044
第十四章　向北平去……050
第十五章　得救……053
第十六章　路遇蒙古族祭敖包那达慕盛会……056
第十七章　进入河套灌区……059
第十八章　被绑架拉骆驼遇险……067
第十九章　走出沙漠和森林……071
第二十章　遇见蒙古族兄弟巴尔斯……075
第二十一章　拜见达密凌苏龙……078
第二十二章　察哈尔蒙古族婚礼……081
第二十三章　钱马遭劫……093
第二十四章　奇妙的故事——遇偷瓜小子……096
第二十五章　打工挣钱……102
第二十六章　被迫招募当矿工……109
第二十七章　恶劣的矿工劳动残酷的剥削……112
第二十八章　招募迫害手段……120
第二十九章　工友们的苦难……123
第三十章　在地下党组织领导下同日寇汉奸进行斗争……125
第三十一章　逃出矿区……135
第三十二章　到达北平……138
第三十三章　找见了姑妈走进了学校……141
第三十四章　北平的生活……145
第三十五章　赴朝参战回国后主动要求支边……148

第一章　走投无路

亮子乃陕西省兴平人士，1936 年天下大旱，加上日本帝国主义入侵，国事垂危，民不聊生。

庄户人家辛苦一年，种植的庄稼因老天爷未下一滴雨而缺苗断垄。有的人家到了夏至节气也没有下种，冬季送出的粪堆还没有摊平，到了秋季大多数人家是颗粒无收。

亮子的父亲租种了富户人家的耕地，由于缺苗断垄，虽然每日起早贪黑，锄草施肥，辛苦万分，可到了秋季也没收获多少谷子。除去租子只拿回一口袋瘪谷子，这就是一家四口人一年的口粮了。

除此之外亮子的父亲还给地主做短工。因为天旱粮食歉收，地主家也不再雇用短工干活，除去“苛捐杂税”家家基本上是一无所有。

亮子今年五岁，哥哥今年十二岁，全家人住在一间半截土窑洞里，家里只有一个土炕和几个用泥土捏的泥缸，除此之外没有任何家具。全家人只有一床半旧的破被子，身上穿的都是破旧不堪的衣服，脚上没有鞋子。家里吃了上顿没下顿，一年下来靠吃野菜挖草根度日。真是房无一间地无一垄。

当时的国民政府，不顾灾年歉收还照样实行“横征暴敛”的税收政策。根本不顾劳动人民的死活。

过去，亮子家的土地税、人头税全靠亮子父亲打短工挣下几个钱来交。痛苦的劳动人民已到了山穷水尽的境地，给地主干活吧，又天下大旱，没有活干；租种土地又没有收成。一直到第二年的春天，天仍然未下一滴雨，地干得种不下去，野菜也已经被挖空，大量的牲畜被出售或者饿死，多数人外出逃荒谋生，有的甚至卖儿卖女，到处可以听到痛苦的号叫声。

亮子家的一口袋瘪谷子救了一家人的命。可一个冬天终于过去，今年还是一个旱年，一滴雨也不下，寸草不生，就是想吃点儿野菜也没有。土地荒芜，人群外逃，人们流离失所，再加上当时的土匪横行，有点家底的也难活下去，被饿死的不计其数，人们都生活在水深火热之中。

第二章 逃荒谋生

在百无生计的状况下，三十六计走为上计。由于天灾人祸，家贫如洗的亮子父母为了两个儿子能活命，决定外出逃荒。只有逃荒才能保全性命，这一步路走也得走，不想走被迫的也得走。

经过和亮子的姑妈商量后，他们即日就要动身了。

临行前亮子的姑妈、姑父都来为他们送行。姑妈流着眼泪说："你们这一走不知道什么时候才能见面，这是跳黑海呀！这年月活一天算一天，谁也不知道路途有多大风险。大哥和嫂子一定要保重身体。嫂子身体单薄，千万要小心不要把身体给累坏了。要千方百计把两个侄儿养大成人，养大就是希望。如果找到落脚的地方，一定要回信，告诉我们，以免我们担心。这年头谁也救不了谁。照这个样子，老天继续旱下去，我们也不好过，说不定也得走。各自逃生吧！走一步算一步。"

姑妈和姑父很是疼爱亮子。因为父母一直下地劳动，是姑妈把亮子带大的。姑妈对亮子有一种特别的亲情，也对他们兄弟二人寄予了无限的期望，经常说："能让两个侄儿读几天书，该多好啊！"

由于亮子家生活困难，姑妈经常接济他们。可是姑妈家和普通农民一样，也不富裕。所以能帮助哥嫂家也是有限的。

由于姑妈对自己宠爱，亮子和姑妈也十分亲近，所以亮子经常来姑妈家中，吃这穿那像自己家一样。

姑妈很年轻，刚出嫁没几年，还没有孩子。她流着眼泪，舍不得让他们一家离去，但又没办法，临别时，她给亮子他们带来两斤玉米糁子和几个窝窝头，让他们路上备用。她还送给亮子母亲一双实纳底鞋子。她知道嫂子只有一双穿了好久露了脚趾头的鞋子，早该换换了，她又送给亮子的父亲一条灰色的大布裤子，她也知道哥哥长时间穿着一条破烂露肉的裤子，早该换了。

姑妈心疼他们一家人，可又没有办法帮助他们，只好把眼泪流向肚里。

亮子母亲也含着眼泪说："妹子，你也得生活呀！把这么多东西给了我们，你们怎么生活呢？能叫我们放心吗？"姑妈说："你就放心吧！我们还能坚持一段时间。"

全家人每人只喝了半碗瘪谷子糊糊。这是家里仅有的最后一点瘪谷子面了。

他们离开了半截儿土窑，走上了逃荒求生的道路。

爸爸背着五岁的亮子，妈妈拿着一个包袱，哥哥背着打成了一卷儿家里唯一的一块破被子。那凄凉的眼神，望着那熟悉的养育他们生命的村庄，心中有多少难以忘怀的记忆，转回头，他们无奈地开始踏上陌生的路途。

他们不知道今后会遇到什么样的事情和难以克服的困难，前方的路充满未知。

他们只是听人们说，逃出那儿到北方能找出一条活命的路。可谁也不知道那遥远的地方，怎样才能救人活命。前途渺茫，说不清、道不明。人们只能摸着黑过河，瞎碰瞎闯，活一天算一天了。

亮子父母心里只有一个打算：把他们兄弟二人养大，求得活命，千万不能活活饿死。为了兄弟俩不管去到哪里，受多大的苦，遭多少罪，他们都无所畏惧。

开始一家人心急地赶路，肚中几日未进一点儿像样的食物，同结伴的队伍向前行进。尽管肚中饥饿，也只能忍着。开始也不知道怎样向人家讨要吃的，又抹不下脸面，只好忍饥挨饿，走了一天又一天。亮子姑姑临行前给的那点窝窝头是路上唯一的救命食物，饿了吃几口，走到有水源的地方就喝一些水，就这样一直到了第五日。

亮子母亲说:“这几日赶路离老家也远啦,孩子们也把那点干粮吃光了,再不进村讨要点吃的看来是走不动了。前面有个大一点儿的村子，看样子人家不少，我们进村看看能否讨上几口救命饭吧！这也得学着点了，这步路已经迈出来了，这抹脸面的事也难着呢，可不抹脸面能行吗？”亮子父亲接着说：“咱们进村吧，能要点就好，要不上咱们走。到了该抹脸面的时候就抹吧！那有什么办法呢？”

说着他们一起走进了村子。

从此他们一家人一面向北方行进，一面靠讨要食物过活。就这样亮子只要听说前面的村子有好心人家给饭吃，就会从父亲的背上爬下来，自己向前跑去，要上点吃的就高兴得不得了。一天，亮子母亲在一个村子里好心的大娘家讨得了一个白馍，亮子父母向那好心人家表示感谢。一家人高兴得不得了，把白馍分了一个大半给亮子，一个小半给他哥。兄弟俩长这么大还没吃过白馍呢，所以高兴得活蹦乱跳。就这样，每天解决吃饭、过夜两件大事，是他们唯一的奢求。

只要讨上点吃的两个孩子不受饿，他们做父母的就满足了。他们最大的心愿是让孩子吃饱，夜间有个休息睡觉的地方，平安地度过那黑暗的深夜。

第三章 遭抢劫

一天早上天刚蒙蒙亮。亮子他们一家人就开始赶路了。天气有点冷。走到快晌午时来到一处坡梁上，远远地看见来了几个骑马的人，身上挎着长枪，马蹄下尘土飞扬，眼见得直奔亮子他们而来。来到近前，这几个骑马的人将枪对着亮子他们一家人喊叫起来，说："站住，干什么的？"并把枪栓拉得咔咔直响。

亮子父母一看就知道是土匪。亮子母亲急忙把兄弟二人搂在怀里，父亲回答说："逃荒要饭的。"那几个土匪仍骑着马围着他们转了几个圈。一个长有小胡子的土匪对另一个土匪使了个眼色。另一个土匪下了马，去搜亮子妈拿的那个包袱，抖开一看什么也没有，又将亮子父亲全身搜了个遍，也把哥哥的行李卷打开了，翻找了个遍。那个长有小胡子的土匪看见亮子父亲把亮子姑妈给的那件新裤子穿在了里面，外面的旧裤子有破洞将里面的新裤子露了出来，说："把里面那件新裤子脱下来。"亮子的父亲急忙说："老总这是别人给的，是我们唯一的一件衣服，天气寒冷老总行行好吧，放过我们这逃荒要饭的吧！"亮子母亲也说："老总发发善心吧，这天气太冷了脱下来会冻坏的。"

可那个土匪根本不理会，眼睁得圆圆的大骂起来说："不脱老子一枪一个崩了你们，看你脱不脱。"说着就要开枪了。亮子父亲只好把那件新裤子脱下来给了他们。另一个土匪看什么东西也没有得到，便将亮子母亲脚上那双新的实纳底布鞋给抢走啦。

亮子他们一家人眼睁睁地看着土匪大白天抢东西，气得一时说不出话来。过了一会儿土匪已经走远了，亮子父亲对哭着的亮子母亲说：“这还怎么能活命，今后的路又该怎么走呀？”又说，“两个孩子在呢，别哭了，咱们还是赶路吧。”亮子母亲听了亮子父亲的话，看看两个幼小的孩子收起包袱，又穿上了那双破烂的鞋，父亲穿好旧裤子，一家人又向前走去。

说起亮子他们一家人的衣服已经穿了好多年了，不知妈妈浆洗了多少次，缝补了多少回。穿了又穿，补了又补，到现在真是衣衫褴褛，破烂不堪。

现在天气还不暖和，出门在外，夜间又没有一个固定的地方，更冷得可怕。亮子哥哥的衣服要比亮子的破烂得多呢。亮子爸爸妈妈的衣服就更烂了，破烂的地方根本无法补上。因为根本就找不到一块好的补丁，再加上缺针少线，这给亮子母亲带来很大的困难。

亮子母亲决心改变这种面貌。一路上她向一些好心的大娘、婶子要了一些破布，还有一些针线。在路上休息的时候把全家人的衣服补起来。又没有剪刀，亮子妈只好把一些旧布量好，然后趁走进村子的时候和能说上话的大娘、婶子借用人家的剪刀，把旧布裁剪好。就这样，经过好一段时间亮子母亲总算把一件一件地破烂衣服给补好了，一家子的衣服虽然破旧但总算不露肉了。

第四章　遇见老乡

这几日他们一家人风餐露宿，不管去了哪里，只要天黑能在村中住宿那就是一件再好不过的事啦。一旦村中无法居住只能在野外设法安顿住下来。有时候在野外的山崖下、土坑中、树林里或村边的烂土墙内住宿。开始有些不习惯，经过一段时间的磨炼和考验，慢慢适应了外出逃荒这种环境的变化。一家人的心境都较前段时间稳定了许多。

一日，亮子他们一家人来到一处开阔的原野，这里青山碧水，野花芬芳。远远地瞭望，绿油油的庄稼长势喜人。看上去就知道这里的庄稼水肥充足。从田间地头和垄畦中细看就知道这里的农民们一定在农田中下了很多功夫才有这喜人的结果。

亮子父亲是个长年辛苦的农民，他是在久旱的田地里劳动，耕种过庄稼的人，见此喜人的庄稼十分欣喜。他自言自语地说："这些天我们走过多少地方，还没有见过这么长势喜人的庄稼呀！"他们一家人一边走一边看，越看越喜欢，越看越羡慕。不知不觉走进了一个村子，细看这村子家家户户院落整齐，门面洁新。这里的人们一定是丰衣足食。这里不但有一片尚好的耕地而且也有一伙辛勤劳作的农民，从这村子的模样就知道了。他们绝不是游手好闲的人，这是种庄稼人的本分。

亮子的父母对此既羡慕又感慨万分。

走进一所庄院，眼见得青砖碧瓦，红漆双扇大门，大大的庭院四周绿树成荫。亮子他们一家走到门前，就靠坐在大门的一侧，在树阴下乘凉。虽然每个人都深觉饥饿，但谁也不愿意上门张口讨要东西，只是好奇地观看这里的环境。

忽然大门打开，走出来一位五十岁上下的大娘，笑容可掬地说："是哪里来的客人？"亮子母亲急忙上前回答说："我们是外地来的逃荒的。"那位大娘又说："那两个孩子一定是饿了吧？"亮子母亲忙说："那可不是呀。"那位大娘说："午饭已经过了，我看厨房有什么吃的给你们端来。"便转身回去了，不一会儿出来，手上端着半碗米饭，加几块红烧肉，对亮子母亲说："这是我家少爷中午的剩饭，就给你那小儿子吃吧，再没有多余的饭了。"亮子母亲接过那半碗白米饭便交给了亮子，亮子高兴地狼吞虎咽地吃了下去，但他哥哥只能看着流口水。

亮子和他哥哥长这么大还没有吃过白米饭和红烧肉。今天眼见的白米饭和红烧肉，那是经过辛苦劳动才能换来的。这个村子的人们能有饱饭吃，幸福地生活着，是村民们一直信奉着一条真理，那就是艰苦奋斗，辛勤劳动才会有收获。

又一天，亮子他们一家人一路前行，快到半前晌时，清楚地看到前面有个村庄。只见得村前尘土飞扬，仔细观看是一队骑马的人，只见他们个个挎着长枪顺大路飞奔而来。

亮子父亲说："不好！又是土匪来了，赶快躲躲吧！"全家人急急忙忙向路边的一个土丘上跑去，藏在土丘的后面。亮子父母让他们兄弟二人不要说话，以免被土匪发现。

急促的马蹄声过后，只见一位老叔在追赶着土匪马队，并大哭着喊道："那是我们家的家生马呀！那是我们家的命根子呀！我们全家人都靠它来耕种土地维持生活的呀！"

听得马蹄声渐渐地远去，亮子他们一家人都从土丘后出来。远远望去只见那一位老叔蹲在路边大声地号叫着："我们的家生马，我们家的家生马呀！我们家上有老下有小，十亩土地就全靠这匹马耕种。没有了马可怎么办呀？我们的家生马……我们的家生马呀！"

亮子他们一家人慢慢地来到那位老叔的身边。亮子父亲低下头，便问那位老叔说：“兄弟，发生了什么事情？”只见这位老叔身着大布裤子，上身穿一件汗衫，脸色气得发青。看见他们过来，一面擦着眼泪，一面说：“唉！没有运气，这年头咱们的运气不好呀！自家的一匹马让土匪抢走了。”亮子父亲同情地说：“可惜呀！那又有什么办法呢？”又问，“是怎么被抢走的呀？”那位老叔说：“说来话长。前一个多月，正是农闲季节，我这匹自家养的枣红马四岁，正当年呀，在放牧中被土匪抢走了。当时人影也没见，又无处寻找，一家人难过得好几天吃不下饭，睡不好觉。又有什么办法呢？这匹马是家生马，我亲自把它养大，特别喜爱它。我们全家有十亩地，全靠它耕种。冬天拉车施肥、拉碾磨面，春夏耕耘、耕种，到了秋季场收，一时也离不开呀！可又有什么办法呢？只能哑巴吃黄连苦在心中啦。这年头谁能为咱老百姓做主申冤呢？去哪里寻找？没办法。”

老叔又接着说：“可没想到，今天上午我们一家人正在院子里拣野菜。忽然我这匹马从大门飞驰进来，马背上还驮着一个土匪。我那马进院子就嘶鸣着，咆哮着，见了家人更是大声地嘶叫。这家生马回到自己的村子，根本不听骑马的使唤。不管土匪用皮鞭抽打，或抽拉缰绳和口绞，那马根本就不理睬，而直接迅猛地飞驰进自家的院子。我一看是自己的马回来啦！就顺手将马笼头抓住说：‘这是我的家生马，现在它找回自己的家了。’可那土匪不管你说什么，大声地喊叫起来：‘干什么？放开。’还用皮鞭抽打我。无奈我只好放手。”

“马在院子里来回转了几圈，在皮鞭的抽打下向大门外飞奔而去。我眼见自己家的马被土匪骑走，心不甘，随后紧追不舍，一直追到这里，哪能追上呀？就是追上你又能怎样呢？”

亮子父母听了这才明白，说：“原来是这么回事儿呀！”然后就耐心地开导这位老叔，说：“世道就是这样的世道，咱老百姓没办法啊！谁让我们赶上了这样的世道呢？这不，我们半路上也被土匪抢劫了一回，说起来也没抢走些什么，只是身上穿的一条裤子和脚上穿的一双鞋子。别的什么也没有，要命倒是有几条。”

老叔这才明白他们是逃荒的，他接着说：“那你们一定是陕西来的吧？也是去北部草原求生的吧？”

亮子父亲说：“可不是呀！这不我们一家人也是没有办法，才外出逃荒的。”

老叔说：“听说陕西连年大旱颗粒无收，加上这年月兵荒马乱的，天底下老百姓都一样的苦，受的是一样的罪呀！”

亮子父亲说：“可不是吗，我们是兴平县的。几年干旱加上乱兵叼抢，给人家富户干活的生路也没有啦！地无一寸，田无一垄，只好离开了故土，没牵挂。不过走上这逃荒的道路真是难啊！不走不行呀！我们出来已经十几天啦，走到哪儿算哪儿。只要能生存下去，我也豁出去了，人活到这个样子有什么办法呢？”

那位老叔说：“唉！从这里过去的人向北走的太多啦！三五成群的，都是一家一户的，有老有少，拉家带口的。他们都是没有办法，可怜哪！”

那位老叔猛然地问起：“你们姓什么？”亮子父亲说：“姓郭。”那位老叔说：“兴平姓郭的是不是原郭老虎的后代？”亮子父亲说：“是呀，我太爷就叫郭老虎。当时是有名的庄稼人。可到我们这一辈，穷得一无所有呀！”

那位老叔说：“兴平郭家与我们刘家沾有老亲关系。我们刘家原来也是兴平人士，祖上出来多年了。”

眼看着天色过午，老叔便说：“天不早了，和我一同进家吃顿午饭吧！看这么小的孩子怪可怜的。”亮子父母互相交换了一下眼色，然后对这位老叔说：“那就麻烦您了，太感谢了！”

就这样亮子他们全家人一同跟着这位老叔走进村子，来到他的家中。见过婶子，又拜过老人，老叔介绍说：“他们是我们兴平老乡。没办法，去北部逃荒的。”婶子很热情地说：“不容易呀！快进屋里休息一会儿吧！我给做些吃的去。”

亮子父亲与老人家攀谈起郭家与刘家的一些往事，说了一些沾亲的缘由。

老叔姓刘名胜，四十来岁，中等个儿，有健壮的身体。婶子也是位很热情好客的乡下人，家里田里的农活都干得顺手，不落在别人的后面。生活过得虽苦，但庄稼人有土地种，有口饭吃也就过去了。全村三十多户人家，也算能过得去的好人家，不但有十亩土地，而且有农具、有房屋。可由于天灾人祸，时下也困难重重。不想耕马被土匪抢去了，今年耕种土地就成了一件大难事。

亮子他们一家被安顿在西屋。这间屋子平时没有人居住，只是临时堆放一些杂物，屋子很干净，老叔简单地把一些东西收拾了一下，就让他们一家人坐下，并招呼他家的女儿给生火烧过火的土炕。还打来一盆热水让他们洗洗脸和手。老叔说："吃过饭就在这里休息吧！明日再赶路。"

亮子早饿了，跑到厨房去，见婶子做了一大锅米糠煮野菜粥，里面又加了不少的玉米面糁子，高兴得不得了，回去告诉他爸妈说："饭已经做好了，很大的一锅米糠野菜粥呢！一会儿我们就能吃饭了。"可他爸妈说："这地方能挖上野菜，比咱们那地方好多啦。咱们那地方干旱得连草也不长，如果能挖到野菜那该多好啊！我们就不用出来逃荒了。走这条路不容易呀！"

正在说话中，老叔端来一大红瓦盆米糠野菜粥，说："快趁热吃吧。"首先给亮子和他哥每人盛了一碗，可只有一对粗碗筷，老叔说："家里没有多余的碗筷了，让他们先吃吧，我再给拿去。"随后回去又拿来两只粗碗，两双筷子。

亮子父母说："他老叔，等两个孩子吃过后我们俩再吃也不迟，你们快先用吧！"老叔说："我们守家在地的不急，快，你们先用吧，走了一天的路，也吃不好，休息不好。这也没有什么好吃的，今天起了个早跑了点儿远路，挖了点儿野菜，算没白跑路，总算挖回野菜来了。"

亮子父亲说："野菜是穷人的救命菜，在没有粮食的时候，有点野菜也能度日子。可我们那个地方旱得连草也不长，哪有救命菜呢？"

老叔接着说："你们一家人既然来了，就不必拿心，要吃饱吃好。"

亮子母亲说："拿什么心，拿心就不进来了。能碰上老叔您我们一家人今天是走运气呀。我们内心非常感谢你们全家人的恩情。"

老叔说："感谢什么？出门在外不易呀！"

亮子父亲一边吃着饭，一边问起老叔："这院子挺大的，年久了吧？"老叔说："是呀。这是祖上留下来的，原来正屋十间，前门两侧都是铺面和皮毛作坊，还有磨坊等。西面有十间牛马圈，东面是厨房和宿舍。”

亮子父亲说：“祖上有本事，能置下这么大的家业，是有一套办法的呀！”

老叔说：“祖上能干，又活络。我爷爷十七岁从兴平来到这里，单身一人，什么也没有，白手起家。开始和别人一块儿跑北方草原，把咱们这边的货物运往草地，换回畜产品，经过加工后出售，每年得到不少的利益。

“一个是精加工，将草原换回的牛皮，加工成熟制品，如马车用的绳线、座桥、搭腰、跨板，皮绳等。羊皮制成白皮棉袄、皮大衣、皮裤、鞋帽、手套等产品。当时市场供不应求，许多产品销往宁夏、甘肃、陕西、四川等地。那时这里的人口少，去北部草原的相对就更少啦，人少货奇，买卖也好做。后来我爷爷自己发展起来啦，也开始搞起皮革加工，米面加工，酿酒制醋和山货的经营销售。当时有耕地上百亩，还有成群的牛羊，一时间家大业大，红红火火，远近闻名。”

老叔紧接着说：“我爷爷去世后，我父亲不会经营，他从小没有锻炼，娇生惯养。那么大的家业，摊子又大，没有心眼，主要是没有经验，不知道天高地厚，每日拿上钱和一些人在一起吃酒花钱。有时赌博，后来越来越不成才，最后又染上了大烟瘾，只几年光景就把那么大的家业挥霍了。

“我爷爷活着的时候，也下了不少功夫，精心培养我父亲，让他从小读私塾，后来又送到陕西有名气的买卖家‘住地方’数年，图的是让他学知识，懂经营管理。可最后也没有个效果，就落得个家业衰败，人财两空。到现在我们只能守着这破旧的院子和剩下的那十亩薄田过日子。”

说着他们就将那一红瓦盆米糠野菜粥吃了个光。太阳已经偏西，老叔让他们明天再走。亮子父母也看见亮子兄弟二人过夜困难，就说：“不走啦。今天就麻烦你们了，明日赶早走吧。”

他们在老叔的西屋暖暖和和地睡了一夜，早上起来准备上路时，老叔又为他们准备了一大包昨天吃的野菜粥，说：“拿上点吃的给两个孩子预备着。路上一时没有点东西吃，两个孩子可受不了，大人总好说。”又给亮子父亲一个“火链包”，说，“你拿着这个‘火链包’，路途远，有时进不了村子，一时天气变冷，在野外时捡些干柴、蒿草用这个火链打着火，烤烤身子取取暖，预防嫂子和两个孩子冻坏了，用得着。”

亮子父母再三感谢老叔和婶子对他们一家人的关心和照顾。老叔和婶子一直把亮子他们全家送出村外。

开始了又一天的行走。亮子他们一家人从内心深深地感谢老叔和婶子的招待。

第五章 妈妈生病

亮子他们顺着黄土岭一路向北行走。一直过了几个村子也没有讨到点什么东西，大多数村子都很贫困。直到天黑下来的时候，亮子他们只好在一个村子边的一个烂房窟窿内过夜。他哥从很远的地方捡回一大捆蒿草，父亲用火链打着了火，又点着了蒿草。火堆燃烧着，他们一家人围坐在火堆四周烤火取暖，取出早上老叔给拿的野菜粥，每个人拿一小块，在火上热了热就吃了起来。

亮子吃得最多，他父母只吃了一点儿，舍不得多吃。亮子吃饱后，还剩下一点儿，他妈又包起来了，预备给他下顿吃。亮子吃过后就在妈妈的怀里睡着了。

他被妈妈搂着，盖着那块破被子，下面有哥哥搂回来的蒿草铺着。亮子爸爸和哥哥单靠着墙各自睡着了。

到后半夜，天气变冷了，北风吹了起来。亮子妈妈急忙给亮子盖了盖被子，亮子父亲和哥哥冻得有些发抖。一直快到天亮的时候，他爸把他们都叫醒了说："天气这样冷就别睡了，我们快赶路吧！"他们就这样开始了又一天的行程。

这一天亮子他们行走在黄土高原上沟壑纵横的乱石坡里。这地方只有个别地方零星生长着一些野菜和杂草。亮子父亲从这些杂草中采摘出一些野菜来给他们充饥。

这里人烟稀少，即便发现有居住的人家也很贫困，根本讨要不上什么东西。到了后半晌时，亮子妈突然一阵眼黑，心跳加剧，跌倒在路边。大哥和亮子、亮子父亲急忙把亮子妈扶起来。亮子见此情景哭了起来，不停地叫娘……

亮子母亲强忍着坐了起来说："我一阵眼黑，就晕倒了。我感到很不舒服，不过我没有事，你们别担心我。"

亮子母亲本来身子就单薄，这几日吃不上点儿东西，加上每日要走许多路程，她已经坚持了数日，强忍着往前走。

大亮把行李卷放在地上让他母亲坐着，又拿着一个铁碗去很远的河边打来一碗水，让母亲喝。一家人就地休息了一会儿。父亲给母亲搓了搓背，又揉揉胳膊，以减轻病情折磨，并将最后一点儿野菜粥给母亲吃了。

亮子父亲说："你娘这是饿的，她身体一直弱，这几天走的路多劳累的。今后你们要多照顾你娘，有点儿吃的要多给你娘吃些，不要只顾着自己。"亮子和他哥很听话，都说："我们知道啦，以后娘你多吃点儿东西。"

现在他们走在黄土岭中间。这里到处都是高大的荒山野岭，坡很陡，且山路崎岖不平，前不着村后不着店。亮子父亲心中有些着急，眼看天色渐晚。如果亮子母亲病情加重这可怎么办呢？亮子母亲也明白他们现在所处的环境，急忙爬起来向前走去。可这一天直到天黑他们怎么也走不出那片黄土高岭。

一家人都无精打采，饿得一点力气也没有了。几天的连续行走，耗尽了全身的力气，怎么能翻过这黄土岭呢？

亮子父亲只好选择一处避风的地方，准备过夜。大亮跑了很远的路，捡回一些乱草和干柴，生着了火。亮子父亲拿出路上采摘的很少的野菜，加上亮子姑妈给的那点玉米糁子，做起了玉米糁子野菜汤。

这点玉米糁子是他们路上唯一的救命粮，一直舍不得用。在这十分困难的时候才拿出来吃，但也只用了一小半，剩下的又装起来了，准备在最困难的时候食用。

吃过玉米糁子野菜汤后，亮子母亲和两个孩子就地躺在铺下的干柴上，呼呼地睡着了。而亮子父亲却怎么也睡不着，他虽然很困，可在这个山野之外，再加上亮子母亲今天又生病了，总使他惊魂不定，仿佛有一道阴影笼罩在他的心中。在这极其困苦的生活环境中，几日以来把全家人的体力都已耗尽，怎能走出这黄土岭呢？真是叫天天不应，叫地地不灵。

不知不觉天已大亮，一家人都爬起来，这一夜总算是平安度过了。收起东西，就又要上路了。亮子父亲说："今天你母亲看起来身体更弱了，你们兄弟二人在前面走，我扶着你母亲在后面跟着。今天一定要走出这片荒山秃岭去。"

亮子的母亲出生在很贫困的家庭。外祖母早逝，她十四岁时就跟着外祖父逃荒流浪到兴平县，是亮子爷爷和父亲用两担粮食娶回家中的。这两担粮食都是从别人家借的。把亮子母亲娶回家后，亮子父亲每年辛苦劳动挣的粮食都还了借人家的欠粮，剩下少余部分自己食用，日子过得困难。

由于亮子父亲家里一直很贫穷，亮子母亲这十几年一直省吃俭用，为抚养两个儿子又付出了辛苦的劳动。一年下来见不到一分钱，也没有穿过一件像样的衣服，吃不上一顿饱饭。一家人全靠亮子父亲当长工，或耕种别人家的土地来维持生活。他们每日里在艰难困苦中挣扎着。

在亮子母亲的心中，她更关心的是亮子父亲，他是家中唯一的顶梁柱，一家人的生活全靠他一个人承担着。如果他吃不好怎能在外给人家干好活呢？亮子父亲在她心中地位比天都大呀！长此下去亮子母亲的身体就更清瘦了。

经过一个上午的行走，已经快要走出那黄土岭的边缘了。远远望去，不见太大的山头，影影绰绰地看见有人耕种的农田。亮子父亲说："眼见得我们快走出这片黄土岭了，你娘确实走不动了，我们快向那大路方向行走。如果有顺车，我们打招呼，能搭个顺车那该多好啊！让你娘歇歇脚，千万不能把你娘累倒了。如果把你娘累倒了，那我们父子就更苦了，连个照应的人也没有了。"

听了父亲的话，亮子弟兄俩快步向大路的方向走去。虽然饿得身上没有一点儿力气，但毕竟是年轻人，脚步却仍没有慢下来。希望在他们心头升起。

可等赶到路边时，发现这大路上的车辆很少，远远地只能看见一两辆大车慢慢地行走。等到大车到来时，有的拉了货物根本不能坐人，人家说，对不起，这个车拉的货物太多太陡无法让人坐下，有的说我们有点儿急事，等后面别的车辆吧。到最后还是有位大爷让他们一家人都坐上了车。这是一辆二套花轱辘大车，由两匹马拉着套。这两匹马很健壮，走得飞快。

赶车的大爷只管赶着前行，也很少和他们说话，他心里明白亮子一家是逃荒的，没多久就把他们送到一个小镇上，说“这是个圆集镇，你们该下车了。我还有别的事情，再见吧”。说完一拉缰绳两匹马就停稳了脚步，亮子一家就下了车，一起鞠了个躬说：“谢谢大爷了。”那位大爷向他们摆摆手，吆喝着两匹马，二套大车就离开了。

他们顺着一条大街往前行走，走不多时只见一个餐馆，上面写着“万顺餐馆”，亮子父亲说：“我前去看能讨要点儿东西不能，没有钱也没办法，也得吃点东西。如果再不吃点儿，你娘就坚持不住了。”亮子父亲走进了餐馆，向餐馆掌柜的请求说：“我们是逃荒的，一家四口人，我们好几天没有吃东西啦，我女人饿得晕过好几次了，您行行好给我们一家四口人每人吃上一碗汤面吧？我们就有这么一个子。”说着亮子父亲从腰中摸出一个铜子来。

那位掌柜的很是客气，二话没说，钱也不收，就高声对厨房喊：“上四碗汤面来。”同时叫他们一家子一块儿进屋，安排坐下说：“一眼就看出你们是陕西来的，快把你那个铜子收起来吧。”

不多时四碗汤面端了上来，他们心里万分感激，就热乎乎地吃下了汤面，顿感精神爽快。离开餐馆时他们向那位掌柜的致谢，感谢他给他们全家每人一碗救命面。

出了餐馆，母亲精神好多啦。可父亲还总是不放心，说：“一定要看大夫。”怕万一有个三长两短，那该怎么办呢？走不多时见有一家“中医门诊”，亮子的父母亲就走了进去，正面挂着一个大牌子，上面写着“中医世家”四个大字，中药柜台前面坐着一位坐堂大夫，戴着一副圆眼镜，一副慈祥的面容，看样子有五十多岁。屋内一股草药人丹味。柜台内还有位弟子。亮子父母一进屋，那位大夫就向他们打招呼说：“有什么需要帮助的？”亮子父亲说：“大夫，我女人好多天头疼得没有一点儿精神，您给诊诊脉吧。看有没有大病。”说着就让母亲坐下诊起脉来。大夫一边诊脉一边问长问短，看过舌苔后说：“不要紧，一路劳累受风寒，加上吃不好饭，身体是会有毛病的。这可不容易呀！我给配上三剂草药，调理调理就会好的。”亮子父亲问：“是汤药吗？我们可没办法煎药服用啊！”那位大夫说：“开上三剂药，用药碾碾细冲着服用吧！这样方便也能充分发挥药的作用。”亮子父亲说：“那就太感谢您啦。”接着亮子父亲又为难地从身上摸出那一个铜子，说：“大夫，可我们就这么一个铜子没有多余的钱，付不起三剂草药钱呀。”那位大夫说：“不打紧的，收起来吧。我送你三剂草药，治好病就是了。”说话时就开出了药方，将药方交给那位弟子，不一会儿抓好了药，就用专制的铁药碾将草药碾成了细末，分成三大包。包好后交给亮子的父亲，说：“每日早晚分两次服用，一次二十钱。用热水冲服。服完药后身体自然会恢复的。”亮子全家人特别感谢这位大夫，道过谢后走出中医门诊向大街行走。

这个镇子看上去是个历史悠久的老镇，人口也不少，街面上虽然老旧但也算整洁。

亮子他们一家走了一段路，又向那有钱的人家和大门面的商户讨要了一些吃食。眼看着太阳快落西山了，看来今天是出不了这个镇子了。亮子父亲有意在这个镇上找个短工干点活，一方面挣几个饭钱，另一方面让亮子母亲休息几日，恢复恢复身体或吃完药再走。可沿街询问有用工的人家没有，回答的都是没有，个别想用工的人家，一看亮子他们四口人，无法安置，也就打消了用工的念头。只问到镇东南有个城隍庙可以过夜，他们就向那里走去。

来到庙里，空空的庙宇只见一位七十多岁的老人，头发花白，衣着虽然破旧但也整洁。她坐在庙墙的东侧，身下铺着一床旧花被子，见亮子一家走进来，便说：“今天这里增人啦！晚间有个伴可以聊天了。”一面说一面将一件破旧的棉袄给亮子母亲铺在地上，让她快坐下休息。问长问短，说个不停。山南海北的事儿她都知道，上至人间下至地狱她都晓得，说她这辈子无儿无女，是上辈子没有积下阴德到人间受处罚的。她这辈子给官宦人家——“杨明英”家，上锅做饭干活看孩子，最后到老落得个无依无靠。她把杨玉生这个少东家从小看管大，满想望能养老送终，可万万没想到这个少东家却变得不像个人样，疯不疯，傻不傻，每天也在这个城隍庙内过夜，今年快四十岁了什么活也不干。他父母留下的钱财都被亲戚拿的拿，丢的丢，他却问也不问管也不管。多年的房屋失修破烂不堪，无法居住，他也不管，被别人拆的拆，拉的拉。

他父亲从小培养他读书识字，满指望杨家后继有人，到现在却是竹篮子打水一场空。

杨玉生十八岁时，父亲给他娶回一位妻子，安了家。满以为他能安家立业，能把父亲留下的基业继承下去，并发扬光大。不料由于杨玉生不理家务，每日玩耍，下棋，不谋正业，使得那么可爱的妻子大着肚子，弃他而去，另找了人家。杨玉生也无可奈何，现在他家也没有了。不懂得找活干养活自己，也不沿街乞讨，只在垃圾堆中捡食物吃。吃过后同街上的闲人下棋，一直到天黑，才回到这城隍庙内。简直活得不知廉耻。

正说之中，只见一个穿着黑衣破衫的男子走进庙内，嘴里还哼着小曲，这便是杨玉生。老人见了他便说：“玉生你看这是何人？”杨玉生半笑着说：“逃荒的还能有什么人？”老人问：“你手中拿的是什么？”杨玉生说：“好吃的。”老人说：“拿出来看看。”杨玉生将手中的一包东西交与老人，老人打开一看都是别人抛弃的垃圾，散出一股发酸的臭气。老人说：“这还能吃吗？”杨玉生接过来说：“明天早点有啦。”老人又问他：“今天下棋胜负如何？”杨玉生说：“谁还能下过我呀？”老人说：“你那么好的才智，都不用在刀刃上。”他却说：“我有力无处使，这不一身轻松。”再问他些什么，他一句话也不说，便倒在墙角呼呼地睡着了。

亮子父母与那位老人就杨玉生从小走到今天这步田地，反复地议论起来。

杨玉生出生在副县令家庭，是独生子，从小在有钱有地位的家庭中成长，过着衣来伸手，饭来张口的生活。父母又爱子如命，从小对他寄予很大的希望，下了一番功夫教育和培养。但他没有经受过严峻的锻炼和考验，一直是温室中的花朵，虽然长大成人，成家立业，但却不能继承祖辈的家业，更谈不上巩固和发展，只知道吃喝玩耍。他的心中更不知道天有多高地有多大，快四十岁的人啦，却不知道羞耻。父母一生的辛苦，他一点儿也不理解。父母的愿望化为泡影。

他长大后变得麻木不仁，缺乏进取心和意志力。这样的结果是什么原因造成的呢？是生理的原因，还是生活养成的呢？一时谁也说不清楚。

那位老人又说：“我从小把他看大，小时候谁都说这孩子生得富贵，私塾先生也夸奖他聪明、好学、专心，琴棋书画样样一教就会，干什么从不落在别人后头，谁都说他会成龙变虎，可现在……”

又说了些有的没的，天已晚了，大家都睡着了。

早上起来，杨玉生坐在墙角打开发酸的纸包，取出一些杂乱的食物津津有味地吃了起来，也招呼亮子他们来品尝。可谁也不搭理他，只是皱眉。

母亲吃过药后，把包袱收起来。父亲催着赶路，亮子一家便告别了那位老人，离开了城隍庙，出了镇向北行走。

第六章　夜宿牛头岭

离开了圆集镇向北行进，亮子父亲说：“昨天真走运，坐上顺车，又下了饭馆喝了汤面，你娘又看了大夫配上了药，今天她的精神比那几日好多啦。世上真有好心人哪！我们一定要牢记在心，从内心感激这些好心人的帮助哪！没有他们的帮助我们怎么能走到今天呀！今后我们一定要设法帮助别人，特别要帮助那些一时困难的人。你们长大后一定要多做好事，不做坏事，做一个有益于社会的人。”

一个上午他们走了不少的路程。快到中午时，不知不觉中看到前面一座高大的山峰和脚下那不平的小路。虽然路不好走，可他们今天都有精神和体力，因为昨天从镇上讨到了不少的吃食，这一路不饿，有力气走路，都感觉比昨日轻松多啦。

可忽然间天空乌云密布，黑压压的，不多时大风吹来，顿时雷声由远而近，轰隆隆地在耳边炸响，电闪雷鸣，眼看大雨就要到来了。

亮子父母亲说：“这可去哪里避雨呢？眼见得就要被雨淋了啦。”

瞬间，豆大的雨点落了下来。整个荒野雨雾蒙蒙，雨点无情地打在他们身上。顿时他们个个像落汤鸡一样，但仍然飞快地向前奔跑。他们忽然在山间发现了一个小洞口，就一起跑了进去。

这山洞不算太大，看样子也是过往的人过夜时无处藏身而挖掘的。

父亲观看了洞的四周说：“这洞比较安全，能容下我们一家人。在这里可以避冷雨啦。”说着他们将湿淋淋的衣服脱下来，拧掉雨水，挂在一边，然后将洞里的杂物、尘土清理了，说：“看来老天让我们在这里过夜啦。”又动手在洞口准备了很多石块，将洞口半封闭起来，以防夜间发生意外。

父亲守在洞口边，亮子与哥哥和母亲睡在里面，静静地听着外面的雨声。雨由大到小一直下到半夜，才停了下来。

然后听得山野里传来野狼、山猫和猫头鹰的嚎叫声，有几只野狼还光顾了洞口处，只听得父亲在击打石块的声音，吓得野狼匆匆离去。

到了后半夜，亮子发起了高烧。全身烧得像火炉一样。这是他昨天淋了雨导致的。他迷迷糊糊地睡着。爸妈焦急地守在他身边。没有别的退烧办法，只好用母亲的湿头巾给他压在额头上，并把母亲的草药给他喝了些，希望这药对他也能起到一些作用。

天亮了以后，父亲和哥哥一同出去，在崖边未被雨水打湿的地方，找了一些干柴，生着了火烤烤身子和淋湿的衣服。另外给亮子煮点玉米糁子汤，让他发发汗尽快退烧。

太阳出来啦，照在身上暖烘烘的。母亲将昨天被雨水打湿的衣服晾在外面的石头上，又把亮子的湿衣服在火上烤干了。等亮子迷迷糊糊地醒来，坐了起来，看样子比昨天夜里好了些，可嘴唇干巴巴的。他穿好衣服，母亲用湿毛巾给他把脸洗了洗，说：“你爸给你煮熟了玉米糁子汤，吃了饭我们快赶路吧。”

一家人都喝了几口玉米糁子汤，穿上半干的衣服，又上路了。

牛头岭山高坡陡，甚至连路也没有。一家人向陡坡上，艰难地移动着。

真是：

牛头岭山陡坡险路难寻，
体力耗尽脚力使尽，
难也走，险也行，
风雨难阻目的在心中。

亮子趴睡在父亲的背上，他还没有退烧。他们绕着牛头岭最低的岔口牛脖子，缓慢地过了岭。整整用了一上午的时间，才总算走过了牛脖子根，再往前走同样是丘壑、水坑、歪坡高低不平的路，不过终于不用爬坡了，大体上都是下坡路。他们顺着好走的地方快步地走着。

突然远处看见灰蒙蒙的天空，乌云低垂下来。一阵大风刮得尘土飞扬，打在脸上，眼睛也不敢睁。不多时大风过去，又淅淅沥沥地下起了小雨来。他们走在这牛头岭上，荒无人烟，连一个避雨的地方也没有，又被雨水淋透了全身。亮子他们一直走啊，走啊。雨水敲打在们的身上，一行行地往下淌。父亲心痛地说："这个老天爷一点儿也不心疼人。这个鬼地方连一处挡风遮雨的地方也找不到。昨天下了雨今天又下。"他们在很滑的道路上行走，留下几行稀稀拉拉的脚印。

雨仍然在下着，他们每走一步都颤抖着，每个人都被雨水淋得浑身尽湿，受冷风一吹像针刺一样。这冷飕飕的风雨是能把人冻坏的呀！

突然他们发现有处陡峭的石壁，一家人走了过去蜷缩在那里。

雨势弱了下来，天终于晴了。父亲仰起头望着遥远的蓝天，天是那么蓝，那么干净。他觉得这块蓝天离他们不远了，他们的心情变得明朗了许多，忘掉一切，准备前行。

一直走到太阳落山时，一家人总算下了牛头岭。

第七章　找到落脚点

就这样他们走了近两个月的时间，终于看见了草原。

这里虽然村落比较稀少，可这里人们的吃食都比较富足。他们每天只走几户人家就可以填饱肚子，而且大多数人家都愿意给予他们帮助，所以他们赶路的时间也多。

父母亲着眼于寻找落脚的地方，到处打问当长工、做短工的活。可不管去到哪里，人家见他们四口人，拉家带口的，多数人家都不喜欢，主要是人多无法安置。不是没有住处，就是没有吃处，再就是不需要这么多人口，所以父亲找活干就难上加难了。

一天，他们终于走近黄河了。河水奔腾着，卷起层层浪花，向东流去，给这里带来了生机和活力。他们站在黄河边上，精神顿时感到异常振奋，心胸也倍加开阔。昂首远眺，黄河北岸广袤无垠的塞外草原，蓝天白云下满地野花，五彩缤纷像织出来的锦缎，绵延到天边，在霞光中更加耀眼绚丽。

草原上牛羊成群。那蒙古族牧民纵缰驰马奔腾于草原上。亮子他们看在眼里，情不自禁地发出一声声惊喜的赞叹：啊！真美呀！

虽然亮子他们还没有找到落脚的地方，可心情是那样的喜悦和愉快。他们沿着黄河来到离黄河不远处的一个较大的集镇——盘龙镇。在镇里居住了几日，也没找到合适的事情做。在他们询问干活的时候，有人介绍说：“在镇子西南有个彭家村，离这里有五里路，村里有位农户耕种着近千亩土地。那里或许用人，你们不妨去试试看。”他们听了介绍，就急急忙忙地来到彭家村，找到了户主彭发宝大伯。

彭发宝大伯有五十多岁，高高的个子，宽大的面额。见了亮子一家问长问短，看上去很好接近，一点儿也不陌生。

彭大伯听到他们是从陕西来的后说：“这么远的路程，能平安地来到我们这里真不容易啊！你们愿意来我这里干活，我这里虽然条件不好，可活是有你们做的，也能安顿你们一家人住下，工钱也少不了给你们。你们既然来啦，就放心地在我这里干活吧。”彭大伯这几句话把亮子父母亲说得心里热乎乎的，吊了几个月的心终于放了下来。

彭大伯安排亮子他们一家人住进西院一间不太大的土坯房子内。这间房子全用土坯筑起来的，冬暖夏凉，屋子有条顺山大炕，正好够他们一家四口人居住，都睡得下。亮子父母把屋子打扫了一番，就安顿了下来。彭大伯还让家人给送来了两床被褥，又让伙房安排了一顿晚饭，莜面块垒加小米粥。亮子他们一家终于吃了一顿饱饭。饭后他们一家人在新落脚点，安心地足足睡了一夜。

第二天早上天刚亮，亮子父亲就起来了。彭大伯安排他协助饲养员刘老汉打扫牛马圈，包括饲养耕畜，添草喂料、饮水、切草等活，同时每天将整个西院打扫一遍。

早饭时，彭大伯又安排亮子母亲到伙房协助大师傅做饭，伙房每日要做几十个长工的饭菜。

过了两天彭大伯又安排亮子哥协助大羊倌当小羊倌，上西山草原放羊，每天早上出工到晚上日落时才能回来。

亮子小也没闲着，安排了他帮助磨坊磨倌大叔赶马。

家中所有的人都有了活干。亮子他们一家人一边熟悉环境，一边认真细致地做好每一件事情，不几日就熟悉了这里的情况。他们来到这里人生，地不熟，靠的是彭大伯的关心和照顾，他们只有做好每一件事，来报答彭大伯对他们一家人的恩德。所以他们每日不分脏活累活，都认真细致、尽心尽力地做好。

第八章　稳定的生活

来到了彭家村，总算有个稳定的地方生活了。每天一家人吃得饱，睡得香，按时去干活，各个方面彭大伯又照顾得很周到。

回想起从老家陕西到这里两个多月的奔走，身无分文，粮无几两，又无一件像样的衣服，在三无的条件下，受了那么多的苦和累，心里总会涌起一阵阵心酸。现在好了，来到彭家村总算有个落脚的地儿了。亮子他们一家人每天高高兴兴地干活，从内心觉得只有好好干活才能报答东家彭大伯的收留之恩。

彭大伯是个很诚实可靠的人，办事顾全大局，事事为别人着想，考虑事情长远细致，对下人关心照顾。彭大伯三十多年前和父亲一同来到这里。那时的彭家村是一片草原，没有居民。彭大伯同父亲一起，在无人居住的地方，先搭起了一个地窑子，然后全靠体力劳动开垦土地，种植庄稼。后来逐步发展到现在，耕种土地近千亩，饲养牛马羊成群，雇有十几个长工，还有磨坊、碾坊、油料加工等。

这里虽然是黄河南岸，但是地处内蒙古高原，到处是高低不平的丘陵。这里无霜期短，主要以种植特别耐寒的莜麦、小麦、土豆、胡麻、糜谷黍和荞麦等作物为主。这些作物非常适应本地气候条件的生长，产量不高但品质优良。

人们很少用黄河水浇灌这里的农作物，因为这个地方的河床太低又没有提水工具。全村只有一台提水车，浇灌着两亩菜地。大多数土地是靠天降雨，所以粮食产量低而不稳，农作物以广种薄收为主。

每年春播到来时，彭家将千亩土地耕过后，用耧耙耘好，根据上年的茬情实行轮换倒茬，并确定全部地块种植的作物种类，然后根据作物需要施上农家肥。种植季节一到就组织劳动力和农具开始抢种。大约每年种植小麦三百亩，莜麦五百亩，土豆一百亩，胡麻一百亩，其余根据土地性质和墒情种植一些糜谷黍和荞麦等杂粮。

大多数农作物要根据土地墒情适时播种。有时因天旱只能等到春雨到来时才能下种，因为当地无霜期短，必须适时播种小日期农作物，以保证本年秋季的粮食产量。

等到庄稼捉苗后，开锄时节一到，要组织劳动力集中力量开始锄地。常年雇用的长工如果不够，还要雇短工下地锄地。有时把家中的闲人或干别的活计的人都抽调出来。有些庄稼只除一次草，如小麦、莜麦。有的庄稼要锄两三次草，如谷子、土豆等，多锄一次八米二糠，为的是给庄稼松土，保墒增加粮食产量。

亮子他们来到彭家村时正是夏末季节，小麦开始收割上场，莜麦正是出穗时节，其他作物都长势喜人，看来今年对彭大伯来说又是一个丰收年。人们都含着笑脸迎接又一个丰收的年景。

亮子父亲协助刘老汉为彭大伯饲养了三十多头耕畜。这些耕畜每日需要喂草、喂料、饮水、清扫棚圈，除此外还要铡草。

太阳落山后，使役了一天的耕畜回到饲养院，要喂第一次草加饲料。第一次的草料吃完后，要上井饮第一次水，为一夜的休息做准备，然后加喂夜草。一直到第二天鸡叫第一次时，喂最后一次饲草，到天明时拉到井台上再饮一次水，就可以使役了。还要通过一夜牲畜吃草料的精神状况来观察这群牲畜的使役情况，是否达到健康状态。如果发现有生病的耕畜要及时就医，或报告彭大伯。

等到耕畜使役走后，亮子父亲和刘老汉要清扫棚圈内一夜的牲畜粪便和槽中剩余的饲草，准备中午牲畜回来继续喂养。清扫完成后还将谷草和莜麦草用铡草刀切成半寸长的饲草，才能给牲畜食用。这项任务要准备到三十多头牲畜一天一夜的用量，饲料主要是莜麦和小麦麸子、胡麻饼等物。这些饲料混合搅拌在一起后饲喂。

亮子父亲干活干净利落、节俭，既让牲畜吃得饱，吃得好，又不浪费饲草料。几个月时间就得到刘老汉和彭大伯的好评。

彭大伯家的三十多头牲畜经过一冬一秋的喂养膘肥体壮，个个活蹦乱跳。人们见了这伙耕畜十分惊喜，得到了使役者及全村人们的赞扬。亮子父亲心中更加高兴，干起活来更加吃苦更卖力。

亮子母亲在彭家伙房为长工们帮锅做饭。早上鸡叫第一次时就起来了，先到伙房清理炉灶，生起火来，烧水给下地干活的人们做早饭。

早饭大多数时候是小米稀粥和莜面块垒。当地的气候条件种植莜麦比较适宜，产量高，营养丰富。莜面块垒是当地劳动人们最喜欢吃的早饭之一。这顿饭又好吃又耐饿。

吃过早饭，洗刷过餐具后，就准备中午的饭菜。中午饭和晚饭以全麦面馒头或莜面窝窝为主。莜面可制成多种样式的食品，如莜面鱼鱼、土豆鱼、饨饨等，加大烩菜，或是混合面窝窝头。混合面是由小麦、莜麦、糜子、谷子混合磨成面粉，经过发酵后制作而成的窝窝头。

大烩菜是中午、晚上必备的家常菜。劳动人们经常食用，是由土豆、土豆粉丝、大白菜、圆白菜、豆角为原料，加牛羊肉烩制而成。冬季有秋天储备的干白菜、豆角丝为原料，加用葫麻油或猪大油、猪肉烩制，吃了后身体暖，又舒适。

彭家过节时或庆丰收时也要给家中的长工们杀猪宰羊，改善生活。主食为水饺、油炸糕、油饼、花卷等。这时整个彭家大院都热闹起来了。人们喝着大碗酒，吃着大块肉。庆祝节日的到来和丰收的喜悦。

在彭家当长工的人们都明白，彭家不但工钱给的足，而且吃饭也比别人家好。吃得好，吃得饱，所以给彭家干活的人们都安心、轻松。下人与东家和谐合作，闹矛盾的也就少了。

亮子哥为彭家做小羊倌。他和大羊倌给彭家放两百多只羊。这里的人口少，有广阔的牧场，秋季到来时羊群像白色的珍珠一样散在草原上。亮子哥手拿羊鞭守护在羊群后，过着游牧生活。每日早上吃过早饭后，就赶着羊群放牧了，在美丽的内蒙古草原上，呼吸着清新的空气，一直到太阳落山时才回家。

亮子虽然小却也不闲着，彭大伯为了照顾他们家，给亮子找了一份在磨坊赶马的活儿，每日挣大人工钱的三分之一。

亮子也不落后，每日在鸡叫头回时也就起床了。起来后就到磨坊赶马去。这时磨倌大叔已经把拉磨盘的马套上了套啦，而且准备了一天所需要磨的粮食。磨倌大叔见亮子来得这么早就问："你来这么早，不瞌睡吗？"亮子说："不瞌睡。"磨倌大叔说："每天早上都是自己起床，还是别人喊你起床的？"亮子说："我自己到时候就能起来的，不用别人叫我。"磨倌大叔说："你能坚持下去吗？不怕苦，不怕累吗？"亮子说："这点活可轻松了，比起逃荒要饭那可舒坦多了。"

彭大伯家大业大，家中有这样的磨盘是邻近村庄少有的人家，专供彭家所有家人和长工食用粮食的加工，同时也为盘龙镇和邻村人们加工粮食。

磨坊有两三间房子大小，一盘硕大的圆形大磨，上下两扇。二套骡马从早上一直磨到晚上，直到天黑才收工。中午因骡马吃草料只休息两小时，一天下来能磨粮食五百斤。

磨倌大叔将小麦或莜麦装入磨盘顶部的漏斗内，经漏斗进入磨盘内，磨盘内有石匠师傅砍凿的不同规则的磨齿纹路，粮食经千斤重的磨齿磨得粉碎。二套骡马不停地拉动着，被磨碎的粮食从纹路中流出来，落在面板上。磨倌大叔将磨板上的粮食用簸箕收入箩内，经箩架将其筛出细面粉，落入笸箩内，剩余没有磨细的继续再倒入磨盘上的漏斗内。就这样二套骡马一股劲地拉着磨盘转动，磨盘发出嗡嗡的声音，一整天拉套的骡马，时间长了就犯懒，不愿走动，还要偷吃面板上的粮食。磨倌一个人要筛面，上装漏斗上的粮食，一个人忙不过来，所以让亮子来帮忙。一是防止骡马偷吃面板上的粮食，二是防止骡马偷懒不拉动磨盘而中途停歇。

亮子手拿一条小皮鞭，走在骡马拉杆后边，一边高声喊叫骡马"嗷……嗷……咁……咁……"一边高举小皮鞭让骡马加快速度，追求进度提高效率，发挥人畜高度协调作用。因为二套骡马要协调用力，如果协调不一致，会折断磨杆出现危险，绝不能让骡马走走停停。同时亮子还负责骡马一天的粪尿清理工作。

亮子一天从早到晚只能待在磨房内，负责好分内的事情。亮子不管天阴下雨，还是风雪日子都按时干活。特别是到了冬季，农闲季节，大丰收的粮食都入库归仓，是磨房最忙的季节。人们都将大部分粮食加工以便食用，磨房就成了冬季最忙碌的地方。由于冬季天气寒冷，磨房没有取暖的火炉，只能干冻着完成一天的磨面任务，有时冻得全身发抖打哆嗦，冻得双手发红手脚麻木，只能多走动，才能减轻寒冷的袭击。

这项活亮子一干就是三年。他像个大人一样，从不叫苦叫累，也不给别人添一点麻烦。每天默默地准时起床到磨房干活，也没有让父母亲操过心，是一个很懂事的孩子，给全村人留下了很好的印象。人们夸奖他说:“这个亮子真懂事，又懂道理，聪明能干。”

同时亮子还能积极主动帮助别人，做家务活，帮助父母干一些自己能干的事情。有时候磨房停磨修理的时候，他自己也不闲着，总要找活干，搂柴、打猪草、捡牛马粪、植树、打扫院子等。

村里的大小孩子都愿意同亮子接近和他玩耍。不几年亮子就学会了游泳、摸鱼和农村的各种游戏活动。如“跑马群”“打岗”“凿油锅”“狼攫尾巴”“狼吃羊”“踢毽子”“点羊窝”“憋茅缸”等。

第九章　为了家庭生活勤奋干活

亮子他们一家人来到彭家村已经三年啦，在彭大伯的帮助下，他们一家的生活发生了很大的变化。一是在村西头打了一块宅基地，盖起了两间土坯房子，亮子父母起早贪黑，围起院墙，又盖了牛棚、羊圈、猪圈；二是养了一头牛，三只羊，两头猪，十几只鸡，基本上有了经济来源。

彭大伯将一块五亩上好的土地，按现价售给亮子父母亲顶了工钱。亮子父母在这块土地的四周又新开垦出五亩土地，使原来的面积扩大了一倍，达到十亩耕地。每年精耕细作，这十亩土地年年丰收，打下不少的粮食来。

全家人勤奋劳动，利用早晚休息的时间，为自己家干活。亮子中午休息时也要打两箩筐猪草回来。猪草要品质好，猪才肯吃，亮子每天打的猪草要够一天饲喂，还要喂好牛和鸡，把院子打扫得干干净净。

一天他去黄河边的河滩上打猪草，因为对使用镰刀不熟悉，一不小心把左手一个指头割开一道口子，鲜血流了出来。他没有急，采了狗舌草止住血，包扎好又继续打猪草，直到把箩筐打满才回家。妈妈知道了，说:“你不小心打猪草割破了手指，就不要打了嘛，还流着血坚持打猪草？”可亮子回答说：“只割破一点儿皮，不要紧，如果不割回猪草，家里的那两头猪喂什么？还得让你们去割草，我坚持坚持就过去了嘛！”

亮子还常帮助父亲割青草。到了秋季全村人都要割青草，准备一个冬天的牛羊饲草问题。如果立秋后打不够满足一个冬季的牛羊所用的青草，到了冬季牛羊缺草喂，这将是一个很大的问题。一是要花钱购买饲草，二是本地没有卖，需要到很远的大牧区购买。那就更加困难了。

一天父亲利用休息时间要到很远的河滩割青草，亮子提着镰刀拿一根绳子跟在父亲身边，也要去割青草。父亲说："亮子你太小，别去啦。你不会用镰刀。"亮子说："我已经长大了，怎么不会用镰刀呢？我一定割一大捆回来给你看看。"这次他割的青草和父亲割的青草相比虽然小了点儿，可他一个人捆起来背了回来。父亲高兴地说："亮子真是长大了。"

亮子很理解爸妈的心思，一有空就主动到草场打草。如磨房维修，牲畜调用去耕种调不开时，就抓紧帮助家中割青草。把割回的青草晾晒干后，堆成圆形锥体，储存好准备入冬喂牛羊。有时到草滩一次性割的草太多啦，自己一个人一次背不回来，他就叫上本村儿的"二猫儿"和他一块儿去割草。两个人互相帮助，打起捆来，有时扛在肩上，有时用绳子背在背上。如果割得太多，一次背不回来，就要来个第二次，总要把割下来的草全部背回家中。同村的孩子们都割草，每天只割一回。可亮子准要每天割两回。每次把上百斤重的湿青草背回家中已经很累了，可亮子每天就要割回两背青草。亮子说："这个时节正是割草季节，抓紧时间多割点儿草给冬季牛羊多积点储备草，多么好啊！不然到了冬季没有喂的那该怎么办呢？"亮子每天总是早早地去，直到很晚才回来。父母亲说："你是个孩子，就不要和大人一样。"亮子说："我愿意干活，你们就不要管了。你们大人都忙，我闲着干点儿活也是个锻炼嘛！"

有一次亮子割草时捆好一捆青草，一个人却怎么也背不起来，因为这捆草太重了，捆也太大了点，眼前又没有一个帮手在后面扶一下。最后他想出一个很好的办法，他把这背青草挪放到一块儿较高的地方，才背了起来。

到了秋季庄稼都拉上了场，地里洒落了许多麦穗。亮子一有时间就同村里的孩子们或自己一个人到收割完的地里捡麦穗，一直捡到很晚才回来。有时捡了一大筐，看天还早就又去地里捡，有时他总要把一大块地捡的干干净净得才罢休。他说："这已经成熟好的麦穗丢了太可惜，我们捡回来也算是对粮食的爱惜嘛。"

彭家村地处塞北，到了冬季地冻天寒，各家各户冬季取暖做饭就是一个大的困难。人们全靠烧牛马粪和庄稼秸秆过冬。如果秋季牛马粪和柴草准备不足或由于干旱庄稼长势不好，柴草不足，到了冬季全家人会受冷挨冻的。

亮子明白到时节该干啥活就干啥活。他打完草，捡完麦穗就搂柴，捡牛马粪，每年搂回的柴草堆积如山。捡回的牛马粪在院子里晾晒了一大院。他总是帮助父母亲和哥哥干活，一天也不闲着，有时为了捡一筐粪要走很远的路或很晚才回来。

到了春季准备春播时，土地虽然已深翻耙耘过，但坷垃还很大很多，有的土地还有很多的石块，对春播和庄稼的长势和捉苗都有不利的影响。会直接减少粮食的产量，必须解决。亮子父母拿坷垃锤到地里打坷垃，亮子也照样去打坷垃。父亲母亲抽不出时间，亮子便一个人手拿坷垃锤，一有空就在地里不是打坷垃，就是拾石头。一家人把自己这十亩地耕作得成了全村的样板田。

经过精耕细作，锄搂耙耘，冬季保墒碾压，选择优良品种，种植的粮食年年丰收。

亮子全家人把这十亩土地视为心中的宝地。亮子父亲从小给人家当长工，打短工或租种别人家的土地，几十年来没有自己的一点土地。现在有了这十亩地，这是他心中唯一的寄托和希望，他清楚地记得地主老财曾说过：土地是刮金板，只要你下功夫，每年都能刮一层厚厚的金子。

亮子父亲不但在土地里下功夫，而且加大积肥量，每年要用农闲或空余时间积农家肥。不但沤制绿肥，还把猪粪、人粪尿积起来，加上从黄河边拉回的澄土，多次翻擦沤制成了很好的农家肥，上到十亩地里，种上什么庄稼都长得喜人，就是大旱之年也能保丰收。

亮子学着父亲的样子，帮助家里积农家肥，他把大粪捡回来和澄土、厩肥搅拌起来，擦碎后堆起来拍实让它发酵了沤制。

亮子通过在农村的锻炼和劳动，使自己有了一个健康的体魄和良好的心理素质。在劳动实践中学会了吃苦耐劳的思想品德，增强了劳动观念，养成了劳动习惯，学到了劳动知识，提高了劳动技能，懂得与自然界和谐共处，为自己今后的成长打下了坚实的基础。

第十章　上学

几年后，村里的孩子们大多数都去盘龙镇读书了。一天亮子父母亲说："村里有钱人家的孩子们都去盘龙镇上读书了。今年亮子已经八岁啦，正是读书的时候，他哥已经过了读书的年龄，再不能让亮子也失去了读书的机会。咱们这几年生活稳定了许多，收入也不少，如果让亮子读书家里的生活也能过得去。再说我们家好几代人都没有文化，不识一个字。也该让亮子读几天书了，识几个字他长大后能认个头迎上下，不能像我们斗大的字一个也认不得。"

"记得我们逃荒刚来到盘龙镇上，看见那所学校，听见孩子们的读书声，那时我心想我这两个孩子如果能读几天书，那该多好啊！离开陕西老家时，他姑妈也希望能有一天让两个孩子读几天书。经过这几年的奋斗，看来亮子能去学校读书了。这也是彭大伯照顾我们的结果，还得和彭大伯说说帮帮忙。让亮子能同其他孩子们一样去学校读书，我们就更满足了。"

第二天父亲和彭大伯说了要让亮子读书的事。彭大伯很是支持地说："让孩子念几天书那是好事啊！"并一口答应说："我今天就去镇上给亮子联系学校的事，让他很快入学。这孩子聪明、诚实是一块好料呀！"亮子父母听了十分高兴。

第二日亮子就同父亲到镇上的学校报了名，交了学费和书费，是一个学期三担粮。亮子高兴地背着妈妈给缝制的书包，坐在教室里和同学们一起上课了。

父母亲告诉亮子："一定要好好学习，我们三代人都没进过学校学习，你是最幸福的孩子。要听老师的话，上课认真听讲，按时完成作业。不与同学们发生矛盾，要互相帮助、团结同学。我们家庭经济有限，不要与别的同学比吃比穿……"

亮子将这些话牢记在心，他也明白自己的家庭情况，他暗暗发誓一定要克服一切困难，努力学习，做一个好学生。

学校是大户人家筹办的，聘请了几位很有学问的先生任教。他们以孔孟之学说为教育内容，要求学生刻苦、勤学、多思，谨记知识乃人生之本，财富之源泉。目标是让学生理解知识会改变人生命运，也会为国家富强及人民幸福、民族强盛贡献自己的力量。中华民族有几千年的文明史，曾经开创了无数次的辉煌，为世界文明做出了巨大的贡献。但目前中华民族到了最危险的时候，它深受帝国主义的侵略和压迫，全中国人民深陷在黑暗、穷困之中。广大的青少年在苦难中挣扎着，他们吃不饱，穿不暖，无学上，有的连生命也难保。

中华民族需要知识，更需要一大批知识分子来拯救，需要一大批热血青年去奋斗。

在校学习期间，亮子熟读了《百家姓》《三字经》，学习了语文、数学等各门课程。他的每门课程都很优秀。先生和同学们对亮子特别喜爱，因为亮子勤奋、苦读，不懂的东西经常向老师和同学们请教，经常帮助学校打扫卫生，干一些别的同学不愿干，干不了的活。他深知现在就是未来，书中自有他从未知晓的东西，有很多知识他需要去探讨和深究，需要了解。正如磨倌大叔告诉他说："人能读几天书对于我们来说那是荣耀和奢望。对于你们来说那是幸福的童年。如果最终能考上状元，就是有形象的人啦。"亮子他一心要做一个有形象的人，他正努力学习以达到人生最美好的目标。

亮子年龄不大，经受了苦难的考验，学会了干农活，做家务，又念了书。特别是读书，这是他们祖辈都不敢想的事，令全家人高兴。通过在校学习，结识了有知识的老师和同学们，并且又懂得了许多道理。第一次知道国家和人民受苦受难的原因，曲直是非，思想境界又发生了新的变化。这促使他更加努力钻研、刻苦攻读。使自己在人生的道路上发挥更大的作用，出更大的力。

亮子学习了鲁迅的文章，回想起他们一家人从陕西老家逃荒的情境，那不就是祥林嫂吗？母亲脸上瘦削不堪，黄中带黑……她手中提一个竹篮，内中一个破碗，是空的。父亲勤劳朴实，整日没明没夜地劳动却养活不了他们一家，他创造的财富却落到剥削者的手里。

第十一章 抓鱼捉鸟

亮子上学就他们家而言是一件很了不起的事情，但每年要交几担粮食，这么大的支出，对于亮子的家庭来说是一个很大的负担。哥哥已经是快要成家的人啦，他是村子里唯一没有娶媳妇成家的青年人。父母亲把他哥娶媳妇的事情时常挂在心头，他们省吃俭用，又不想影响到亮子读书，自己受多大的苦都不觉得累。这些亮子暗暗记在心中，他左思右想，如果能设法减轻家庭的负担，自己又能继续读书那该多好啊！

亮子一方面继续为家中做家务，一放学回家除做功课外，其余所有时间都做家务，有时他同本村的同学们下河摸鱼，上山捉鸟。

黄河流经肥沃的内蒙古草原，优越的自然环境和充足的天然饵料为黄河鱼类生长创造了良好的营养物质。体肥味美的黄河鲤鱼、草鱼、鲢鱼是盘龙镇上集市的抢手货，价格高，出手快。亮子水性好，捕鱼技巧高，只一个星期天就能摸到几条甚至十几条黄河大鲤鱼，拿到集市上出售能挣回几元钱。这不但为家庭增加了收入，也为他上学得到了补贴，大大减轻了家中的负担。

另外他还捉鸟，主要是捉草原百灵鸟。

盘龙镇上有钱的人家，都要养百灵鸟。特别是镇上居住的地方官员，军阀、土匪、地主豪绅等人士，对百灵鸟特别热宠，他们不惜重金要得到一只好的百灵鸟。

这里的人们很早就有驯养百灵鸟的习惯。在那文化生活极度贫乏的年代里，他们把驯养百灵鸟当做消遣时光、丰富生活、陶冶情趣的一种享受。

清晨老人提着鸟笼子，迈着蹒跚的步伐在街头巷尾，林地草荫或村头院落溜溜达达，优哉游哉。期间或把鸟笼子挂在树枝上，屋檐下，在百灵鸟那清脆悦耳的歌叫声中，舒腿伸拳，悠然自得；偶尔又聚在一起谈鸟论笼，互相比试，一边切磋技艺交流经验，一边听着百灵鸟叽啾叽啾地合唱，真是心旷神怡，不亦乐乎。

养鸟、驯鸟、遛鸟已经成为有钱人追求的时尚，而为了满足有钱人的欲望，不少穷苦老百姓就专门寻找雏鸟，抓回来经过一段时间驯养，再到市场上去出售。一只上好的百灵鸟有时候抵上一年的收入，所以这也就成了部分人养家糊口，安身立命的职业。

亮子利用假期约有经验的人去草原、山间抓百灵鸟。

百灵鸟很有灵性，每年并不在一个固定的地方筑巢，而是根据气候变化规律而选定地点，干旱年景选择低洼处，雨涝年景选择在高梁处，所以有经验的老年人也往往根据百灵鸟筑巢的地势来预测年景的好坏。它们筑巢一般巢口背风，多数选择面南方向和比较隐蔽的杂草丛中。百灵鸟下蛋一般在阴历五六月间，蛋呈白色或淡黄色，表面光滑，略有褐色的细斑，下蛋后半个月左右孵化成小鸟，这时候人们就开始到处寻觅捉小鸟。

捉小鸟的时候也很有讲究，找鸟窝要看鸟飞，不看鸟落，找到鸟窝后先不能动，要观察小鸟出壳时间，还必须等到七天头上去捉，提前了小鸟养不活，过晚了小鸟就会飞了。

判断小鸟孵化天数可观察大鸟喂食的次数多少和小鸟口形的大小。民间一直有各种说法，有小鸟大口、大鸟小口等，但也需要有一定的经验，经常弄鸟的人一看就知道百灵鸟的天数。而养鸟一般只养雄鸟，因为雄鸟擅长鸣叫，而雌鸟不擅长鸣叫，多弃之。

关键的是小鸟一般不易辨认雄雌，没有经验的人根本辨认不出来，有经验的人在捉鸟时就根据天气变化及鸟的变化情况辨认。一般以天气冷热，雄鸟与雌鸟在窝中的位置来确定，还可根据形态来判断，一般体大，外貌似呆笨，头顶后脑勺偏平，嘴宽为雄鸟，眼大有角，翅为白色翎毛，羽端洁白光亮的雄鸟。

百灵鸟经过驯养，能大扇翅膀大叫的为上品，能边飞边叫的为佳品。铁嘴铁爪，红腿百灵鸟是高山阴坡鸟，叫声高而悦耳、玉嘴、立顶、眉宽、毛色浅，毛散大而啄食有力，腿粗而高、身腰长，尾散均为上品。百灵鸟体形较云雀稍大，翼亦较尖长，善鸣，为中小形鸟禽，喜好在地面上行走，很少栖息树枝上，又能歌善舞、啼声婉转、鸣声嘹亮。特别是又能善于模仿各种鸟兽鸣叫，惟妙惟肖，深的人们喜爱。故有鸟中“歌星”的美称。

每到六七月份草原最美丽的时刻，淖儿亮晶晶，湖泊兰汪汪，芳草茵茵，鲜花盛开。此时羽毛丰满，体态健丽的百灵鸟也到了产卵孵化繁殖的季节。鸟儿在一簇簇、一片片五彩缤纷的花丛中，唧唧喳喳地唱着动人的求爱歌来取悦伙伴。

亮子学习别人的抓鸟经验，很快就能很准确地判断出鸟窝的位置和小鸟孵化的天数，并能辨认雌雄小鸟。但他捉住小鸟后，没有能力喂养，只好便宜出卖或送人换取很少的报酬。因为喂养一只优良上品的百灵鸟要支付很大一笔钱，要买鸟笼、鸟食和闲余时间去管护驯养等。

亮子就这样每年摸鱼、捉鸟为家中增加了不少收入，大大减轻了父母亲为他上学支付一大笔学杂费的负担。

第十二章　立联庄悲剧

民国时期，土匪活动猖獗。在整个黄河岸边，盘龙镇周围地区，有几十股土匪活动，每股少则三十到五十人，多则二百到三百人。这些土匪无恶不作，进村抢掠财物，奸淫妇女等。不管是富户人家，还是平民百姓，大人小孩都不得安宁，每日躲土匪是经常的事情。一听人说：“土匪来啦！”人们都向野外、深山猛跑。躲上一会儿或几天等土匪走了，才能回家。

彭大伯家大业大，小股土匪来了给得起，也好商量，可大股土匪来了就很难对付了，待得厚了，你拿不动，会倾家荡产，待得薄了土匪不依不饶。有时会伤害人命。匪患越来越严重，已经到了政府无法控制的地步。当时国民政府提出实行“自保、自卫、自护、村村联防、户户联防”的口号。

由于国民政府的无能，人们只能自发抵抗土匪的危害和破坏。多数村庄掀起一股立联庄热潮以防范土匪活动，特别是大户人家自立联庄，购枪支，买弹药，建炮楼，以防范抵御土匪的侵扰。

但由于各村条件所限，居民住户分散，地理位置各异贫穷不一，人心不一所以各村建立联庄不协调、不一致，不配合，大都是单独行动，没法形成合力，又无经验。

加上土匪把建立联庄视为眼中钉，肉中刺，稍有疏忽就会被土匪将新建的联庄连根拔掉，流血伤亡的事件时有发生。

彭家村以彭大伯为主的联庄响应国民政府的号召，为防土匪对本村的破坏。彭大伯自筹资金，购买枪支弹药，又自建炮楼，组织村民开展防匪训练。

彭大伯将炮楼建在自家院内，高二丈五尺，分上下两层，土木结构。全部用檀木椽木搭建而成，上下楼用木梯，上层四面多口，以利瞭望和射击。每日不分昼夜设瞭望哨。

就在彭家村立联庄的这段时间内，这一带发生了好几起土匪血洗联庄的事件。

头道沟村傅景祥也组织自立联庄，在自家单墙独院内自盖炮楼。一日与土匪交上火，经过两个小时的激战，终归力小弹尽，被打死在院内，老婆、财物均被抢走。

陈家村以陈二阁栋为首的联庄被土匪打入，枪杀了全家五口人。最后一个小儿子三岁，名字叫真子，土匪正要枪杀，被看家上锅的女人喊叫着说："那是我的儿子，你们不能杀他。"说着急忙上前把真子搂在怀里，这才救了下来。

红水村立联庄，因盖起炮楼被土匪刘福喜视为眼中钉。一日村民刘四虎、张二虎、四召子、张大小几位枪手在炮楼内与土匪刘福喜交了火。双方整整打了一天，炮楼上的几个人都快顶不住了。当时炮楼上有一个女人，以为炮楼上安全，也跑到炮楼上躲避，可没想到打了一整天吓破了胆，哭嚷着："不要打了，快投降好了。"炮楼上的男人们知道投降的下场，坚持要同土匪打到底，决一死战。可就在这时这个女人趁别人不注意将一袋子弹从窗口上丢下了炮楼，使炮楼内缺了子弹，最后被土匪包围。土匪打入院内将四召子拴在马套绳后，用铁链生生把他拉死，将张大小开枪打死，其余人员都打成残废，大量的财物被抢走。

彭家村也不例外，有一股土匪要血洗彭家村联庄。他们想要把彭家村联庄连根拔掉，因为彭家有大量的财物，各种牲畜粮油等，名声在外，这伙土匪平时也吃馋了嘴，知道得手后能得到很多金银财宝，这些土匪已经长期谋算着洗劫彭家了。

一日鸡叫头遍，天刚蒙蒙亮时，只听得枪声大作，炮楼上执勤的岗哨同土匪交上了火，人们从睡梦中惊醒来。

为了打退来抢掠的土匪，彭大伯和彭大婶都上了炮楼，协助五个枪手同土匪进行坚决的斗争。只有一场恶战打退土匪，才能使其永远不敢再来到彭家村抢掠。

亮子父母亲正要起床去彭家干活。听到枪声就急火火地向彭家大院跑去。土匪密集的子弹封锁了彭家整个大院，但亮子父亲还是向彭家大院大门冲去，他心里想的是怎样保护彭家那一群耕畜，也不知刘老汉在不在饲养院内，他心中着急，这时一粒子弹打进了他的胸膛，他扑倒在大门口，鲜血从他的嘴角流了出来。他身后不远的亮子母亲急忙上前扶住他，高声喊叫："亮子他爹，亮子他爹……"可亮子父亲已经失去了说话的能力，直瞪瞪地倒在了亮子母亲的怀中，死了。亮子母亲放声大哭起来……

这时土匪已经包围了整个彭家大院。由于炮楼内受视线的影响，很难从四面对土匪的冲击构成威慑。土匪瞬间就靠近了炮楼，并高声喊话让炮楼内的枪手："全部投降。"同时将麦草秸秆都塞进炮楼底层，准备用火活活烧死炮楼内的人。炮楼如果着火，那将是一场更大的灾难。亮子母亲看在眼里，她明白如果现在投降，土匪会杀死炮楼内的所有人，如果不投降就会被活活地烧死在炮楼内。彭大伯和彭大婶在她心中的地位比天大，刚才失去了亮子父亲，现在她不敢再想下去。在这万分紧急的时刻，她不顾自己的安危毅然丢下亮子父亲，向炮楼跑去，她要阻止土匪往炮楼底层内放麦秸秆，更要阻止土匪用火点燃麦秸秆。

土匪们发现一个女人竟敢阻止他们的行动，不容分说就开枪打死了亮子的母亲。就在这时土匪把炮楼下层的麦秸秆点燃了起来，瞬时火烟四起，火光冲天，炮楼上的木材都着了火。

这时的彭大伯、彭大婶和五位枪手没了办法有的从窗口跳出去被土匪开枪打死，没跳出去的人也被大火活活烧死。土匪将彭家所有钱财抢劫一空。

这场立联庄灾难将彭大伯和彭大婶烧死，五位枪手死去，亮子父母也不幸死去。共计九口人遇难。噩耗传来，村里人都痛哭不止，究其原因，只能说当时的国民政府无能，未能考虑建立联庄的实际能力与土匪力量的对比，不能从实际出发，致使人民群众深受灾难。结果是土匪越防越猖獗，越防越受其害。

第十三章　抽大烟家破人亡

亮子父母去世后，大亮是亮子唯一的亲人。大亮还是每日给村里的人家放羊当羊倌。虽然彭家大部分的牛羊被土匪抢走，可村里还有其他人家的羊群需要放牧，只是比原来少多啦。

兄弟二人，一个放牧，一天不在家中；一个读书，回家后还要做饭，十亩土地也要耕种，家中没有一个做家务的女人。兄弟俩独自生活的时间长了，就没办法做衣裳、缝制鞋袜。

村里的乡亲们看在眼里，急在心上。磨倌大叔一直想给大亮哥找一个合适的媳妇，以解决他们兄弟二人做家务难的问题，可怎么也问寻不上一个合适的女子。

忽有一日，有人听说镇里有家给烟馆干活的女用人因突发急病死亡。丢下一个十八岁的女子，又欠下烟馆和别人三担粮食的欠债，只要将这欠债还清，就将女子嫁给帮还债务的人。

磨倌大叔听了，很是着急，当时就去了镇上。见到了烟馆的掌柜和那位女子，当下一口答应给还清欠债，约定让那女子与大亮相见，双方写了约。磨倌大叔将亮子家中除去口粮剩余的两担粮食拉走，又将自己家中多余的粮食一并还了镇上的欠债。

大亮和那位女子在村民和磨倌大叔的帮助下举行了婚礼。村里的人们都来贺喜，送了礼，喝了喜酒。虽然亮子父母和彭大伯、彭大婶的去世让人们心中都感觉婚礼缺少了些什么，但也还算圆满。

此后亮子就另住在下房，哥嫂住在正房。亮子还是按时去镇上读书，放学回家后照常做家务，料理那十亩地。哥嫂对亮子也很关心、爱护，每日按时吃饭，有事互相帮助。磨倌大叔和村里的人们看到亮子哥成亲后，弟弟与兄嫂三人生活在一起，相处得和睦，都十分的高兴。总算对得起他们死去的父母，他们一定会瞑目的。

时间过了半年有余，忽一日亮子发现，哥嫂竟然在一起抽大烟，这使他十分不安。

原来嫂子是抽大烟家庭出身的，她的父亲因抽大烟早逝，母亲也一直为烟馆干活，难免被抽大烟的习染。年轻人学好难，学坏那可容易，特别是在不良的环境中，不知不觉地也自然地学会了抽大烟的恶习。时间一长也有了点烟瘾。她父母去世也是因为烟瘾，身体瘦弱，抵抗力逐日下降，越来越离不开抽大烟的恶习。身体一日不如一日，加上家庭生活一年不如一年好过，都是大烟危害的结果。父母亲前后相继病倒去世后，只留下嫂子一个人，也学会了抽大烟，同时欠下了外债。

嫂子来到他们家中，开始还拿心，不敢公开抽大烟，时间长了她就对抽大烟心切。因为她以前抽过大烟，现在有烟瘾作怪。一日她去到镇上偷偷地买回一些大烟，拿回一个烟枪。在家中独自抽了起来，谁也不知道。

忽有一日哥放羊回来，因为天冷，肚子疼，经常有这个毛病，那是因为从小在困苦的环境中受尽了苦难而落下的毛病，一时也没有去诊治，一到阴天下雨，气候变化的时候他的肚子就会痛。一时缓不过来。在这无奈的情况下，嫂子把烟枪拿出来，点燃起大烟来给哥抽起来说："抽点儿这个能解肚子痛。"这时哥看到是大烟，非常惊异，问起说："你是从哪弄来的这个东西？"平时大哥也特别反对这种抽大烟的人，可这时因为肚子疼得难以忍受，只为了缓解缓解肚子的疼痛，他只好抽起来。

可巧的是，抽完几口大烟后肚子的疼痛缓解了许多，慢慢地身上也暖和了，感觉也舒坦了一些。当时哥对嫂子虽有看法，想对她发点怒气可也没有发出来，只是埋怨她几句说："这东西你不经我知道就偷偷带回来，是不是自己在暗地里抽大烟？"嫂子说："你经常肚子疼，我想抽点儿这个东西一定能治好你的病，所以我那日去了镇上，一时想起来没有和你商量就买回来啦。这不用上了吗？”哥也无话说了。嫂子又接着说，“你是家中唯一的劳动力，你有了病我们都担心，如果你有个好歹我们该怎么办呢？所以我是早给你预备下的。一时你肚子疼起来我也有个办法。不然怎能对得起你去世的父母亲呢？”

哥说：“你这也是好心肠，可大烟这东西，好人不能沾边，沾染上它就会变坏的，到时候就离不开它了，那就要闯上祸了。以后我们再不能抽这个东西了。父母亲在世时特别反对抽大烟的人，一直告诫我们决不能沾上大烟这东西。可我知道找了一位在烟馆做用人的女人做妻子，那自然对大烟这害人的东西有接近的机会了。以后千万不能再买回这坏东西啦。”

但没想到的是，哥每日放羊回来，肚子总是不舒服，有时疼得特别厉害怎么也过不去，只好抽上几口缓解疼痛。时间长了对这东西就离不开了，慢慢地就上瘾了。就这样哥嫂就背着亮子暗地里抽起了大烟。亮子年龄小，发现时已经晚了，又根本管不了哥嫂的事。才一年的工夫，哥嫂就离不开这大烟了，毒瘾发作的时候就骂着亮子，让他快去镇上买大烟回来，为他们俩解烟瘾。

后来发展到哥嫂抽大烟抽得没有个天日，羊群也不出了，什么活也干不了。别人的劝导他已经听不进去，一时一刻也离不开这大烟了，而且时时处处因抽大烟同亮子闹矛盾，有时烟瘾上来还不顾兄弟的情分，破口大骂，拼着命让亮子去镇上购买大烟回来：“你这个没用的东西，买点烟土回来都难的你，还能指望你干点什么？”父母亲去世没有一年，家中一贫如洗。哥开始把家中的粮食拿出去兑大烟，后来手头没有钱就去烟馆赊着抽大烟，把家中的牲畜、牛和羊都卖啦，都抽了大烟，最后又将父母亲心中的那块十亩宝地拿去抵了烟款。一天，亮子喂养的一头老黄牛也被烟馆的人来拉走了，亮子伤心地坐在地上痛哭起来，他高声喊叫着他的父母亲，爸爸！妈妈！这段时间他曾多次去父母亲的坟头大哭，可又无能为力，谁也救不了他们。失去了父母亲，他就失去了最可靠的依赖。

又有一日，哥嫂拼命地让亮子去镇上赊烟土回来，这时的哥嫂已经一时也离不开大烟了，特别是亮子大哥如果没有大烟他就像会死去一样，每天用大烟来维持着生命。这可怎么办呢？亮子为难得只能一个人流眼泪。

家中现在是山穷水尽，没有粮食，吃不上饭，没有衣服穿不暖，脚上连一双鞋也没有，怎能还抽大烟呢？可哥哥只要烟瘾上来，就被折磨得死去活来。哥哥是亮子唯一的亲人，看见哥哥犯烟瘾时痛苦的样子，也很是心疼，为了缓解他的痛苦只好快步向镇上跑去。他那身上破烂的衣服，脚上没有一双像样的鞋穿，亮子寒冬腊月，滴水成冰，冻得脚趾头难以忍受，寒冷的北风吹打在身上，他不禁哆哆嗦嗦。只见路边一群牛走过来，留下冒着热气的牛粪。亮子在难以忍受的情况下双脚站了上去，用热牛粪暂时暖暖自己的双脚，紧接着继续向前跑去，到了烟馆只能赊几个烟炮回来。等交给哥嫂时，他们俩如获救命的稻草一般抽了起来。有时不管刮风还是下雪，亮子也得去镇上赊大烟回来。

家里交不上学杂费，亮子只好辍学。他离开了老师和同学们，离开了这难得的学习机会，他难过地失声大哭了起来，他的读书梦想就这样被毁掉了。

学不能上，家里种庄稼又没有土地，亮子只好到镇上一家皮毛作坊做工，每日吃住在皮毛厂，想挣几个钱为哥嫂添做家用。

亮子在皮毛厂每日同师傅和师兄们在一起，学习熟皮、泡皮、洗皮、铲皮和晒皮，同时学习裁剪、缝制皮衣，有中式样，白茬不调面的，有配山羊皮或狗皮大领子的，有短式样的，有长式样的，这些活亮子一看就懂得怎么干了。首先第一道工序是先选皮、配皮，选好皮后先泡皮，泡皮时加辅助材料，有黄米面、小米粥，土硝、碱盐等。

这里熟制的皮衣，手艺精细，皮质雪白，薄厚均匀，手感柔软，富有弹性，久穿不掉毛，十分御寒，深被当地的人们喜爱。因为它是内蒙古三件宝之一：莜麦、土豆、大皮袄。有人这样对大皮袄赞美说：“大皮袄真真好，白天穿黑夜盖，下雨天毛迎外，冰天雪地都不怕，一年四季当宝贝。”亮子心想，我什么时候能有一件大皮袄穿呢？

不几日哥哥因烟瘾发作，肚痛加重，没能及时救治就死去了。噩耗传来，亮子万分沉痛，急急忙忙回到村里，在乡亲们的帮助下只用了一块破席将大哥的尸体裹起来，在西山脚下挖了坑将哥埋葬了。

烟馆的老板得知哥哥去世，就来家中结算赊欠的烟款。因家中没有分文，亮子只好将房屋作价抵债。从此亮子连个家也没有了。嫂子只好又去镇上，回到烟馆干活，亮子仍回皮毛作坊做工。

失去了哥的亮子，非常失落，他才十六岁，身边就无一个亲人。自从来到彭家村在彭大伯的帮助下，由于父母亲的努力，一家人的生活稳定了下来。他也念了书。现在他多么想念失去的亲人，多么羡慕那读书的孩子们呀！读书能学到很多知识，对今后的生存和发展会起到决定性的作用。可现在他失去亲人，失去了一切，连生存的地方也没有啦。他沮丧地想：我今后该怎么办呢？

皮毛作坊有那整垛的皮张，那盐制皮子的大缸和作料土硝，一把尺子，一个很锋利的半月刀，榆叉搭勾儿和几把拉皮小刀。亮子每日看着师傅制作一件件皮袄，这是他最该学习的技术，他还学习怎样对待师傅和师兄弟，怎样礼貌待客等。

可皮毛作坊只有冬季才用小工，到了春夏就停工了。一是天气暖和人们不购买皮衣穿，二是到春夏皮毛质量下降。

到了第二年春季，皮毛作坊停了工，亮子不知该怎么办。亮子忽然想到自己唯一的亲人姑妈。记得父母亲在世时，有一日彭家村来了一位“磨剪子、卖红红绿绿”的陕西口音的货郎，来到彭家大院门口高声叫卖：“磨剪子来，铲锑刀，卖红红绿绿。”母亲听得口音熟，就上前询问，原来是陕西老乡，说起姑父，他说他便是姑父的表亲。父亲知道后便让他回家中住了一宿。详谈姑父的情况时，才知道在亮子一家逃荒走后不久，姑父和姑妈也生活不下去啦，万般无奈也外出逃荒去了，现在在北平街头卖包子，混得还能生活下去，只是身边还没有孩子。这位货郎到北平时见到了姑父和姑妈，说起亮子一家非常挂念，一直设法想知道他们的下落，特别关心的是亮子弟兄二人的情况。

姑妈从小就很喜欢亮子，现在父母已去世，哥哥也抽大烟去世了，嫂子又回到了烟馆，十亩土地和房子、院子都被大烟馆掌柜的卖掉了。

自己到现在只落得无依无靠，一贫如洗的境地。这时他怎能不想到自己唯一的姑妈呢？如果能在姑妈身边，有个依靠，也可以帮助姑妈干点活，说不定还能让亮子念书。姑妈肯定会让亮子读书的，她曾多次说过要让两个侄儿读书，他们三代人都不识字，没进过学校的大门，让侄儿读书是几代人的梦想。如果到了姑妈身边，姑妈一定会让自己读书的，那他读书的梦一定会变成现实。他想到这里猛然从地上跃起来，啊，我一定要设法去找到自己的姑妈！他心中有万分的欣喜，可又一想起北平离这里有千余里的路程，他一个小孩子怎么能去了北平呢？他左思右想也想不出一个办法。只能是一个人利用明年春暖的时节，讨荒要饭去北平寻找姑妈啦，再无别的办法。这一想法他同老师和村里的磨倌大叔说了，可他们都不支持他一个人去北平找姑妈。磨倌大叔说："你还是回村里，帮助我磨面吧。"村里的乡亲们也都不愿意让亮子一个人去北平，都说货郎说的不一定是真的，而且亮子的姑妈在北平生活不下去也随时会离开的。北平那么远，一个孩子家怎么能平安地去了呢？

第十四章 向北平去

寒冷的冬季过去，春天即将到来，皮毛作坊的活计少了，大多数临时工结算了工钱就回家去了。亮子一心要去北平找自己的姑妈，梦想自己能继续读书，也和掌柜的说要结算工钱回家，可掌柜的说：“你一个孩子家，连家也没有了，别人没活干回家，你去哪里？你在这里给我看门望院保你有住处，有饭吃。因为你这孩子虽小可干起活来真让人喜欢，又勤快又能干，又是一个诚实的孩子，一个冬季在我这里干活，没有一个师傅说你差。我也听到和看到了你的许多优点，我不收留你谁收留你？你就不要走啦。”亮子说：“感谢大叔的挽留，我一个孤单的孩子能得到您的帮助和师傅们的好评，我深深地表示感谢。只是我有一个姑妈在北平，多少年来十分地想念我，我现在所处的情况一定要找到她。这是我唯一的亲人，如果不去，她得知我父母亲去世的事一定会挂念我的。天气已经暖和了，我必须去北平找我唯一的姑妈。”说着亮子眼泪都掉下来啦。

掌柜的看到亮子一心要走，就让管账先生给他结算了工钱。亮子离开了皮毛作坊，他先到学校见了老师和同学们，老师和同学们都想挽留他，可亮子一心要走，只好由着他去了。亮子回到村里见到了磨倌大叔和村里的乡亲们，将去北平找姑妈的事向他们说明，又到父母和哥哥的土坟头前号啕大哭了一场。他伤心极了，失去亲人的感觉就好像失去了一切。

亮子告别了老师和同学，告别了乡亲们，向黄河岸边跑去。他回望着曾经生活过的这块土地，回想乡亲们对他们一家人的照顾，双膝跪在地上，深深地磕了三个响头。再见了，乡亲们，再见啦……

亮子猛地向黄河边上跑去，只一跃就跳入河水中，向对岸游去。冰凉的河水刺入他的全身，刺入他的心，但向往在北平读书的热血没有冷。乡亲们久久站在岸边，望着亮子远去的背影，高声喊叫："亮子你要回来啊……"

亮子一口气游到黄河对岸，他全身冻得发抖，只好快步向前跑去，可全身的衣服湿漉漉的，他只好脱下来拧了拧水。打湿的干粮袋里是乡亲们给他拿的馍和饼，也被泡成乱泥了，他感到可惜，可也舍不得丢。他看着对岸乡亲们仍然还在望着他，就向对岸高声喊叫并摆摆手说："乡亲们再见了！"说完头也不回地向着东方跑去，向着更加不平坦的那遥远的道路跑去，向着心中有朗朗读书声的"教室"跑去……

他这是要拼着性命走的一条路，现在虽有无限的力量和勇气，但道路是曲折的，也是危险的。

黄河北岸是一望无际的草原，这里野草丛生，野花烂漫，有沙滩也有湖泊和沼泽地，它们连成一片，春天是草原一年之中最美丽的季节。草原上的淖儿亮晶晶，蓝汪汪，芳草茵茵，鲜花朵朵。

亮子顾不得这一切，只知道跑啊，跑啊！一直跑到天快黑下来时，才觉得肚子有些饥饿，就捡了些草地上的野菜和自己干粮袋中的湿馍吃了充充饥。跑了一天的路，眼见得这里没有一家牧户，可太阳已落山了，天马上就会暗下来，亮子担忧起来。

今天怎样才能过夜呢？这里一定有野狼活动。如果今夜没有一个合适的地方过夜，到后半夜一定会被野狼吃掉的，想到这里亮子加快了步伐，眼看着天黑下来，他心急得没有办法，四处张望无边的草原，四周一片寂静，他深感孤单和冷清。他只能向着一个方向跑啊，跑啊！他一边跑一边仔细地观望，只盼望远处会有牧户人家。可怎么也看不见有人家，深感失望。又向前跑了一段，忽然远处隐隐出现了一间房屋，亮子快跑起来，跑到跟前一看，原来是一间用泥巴筑起的房子，这是当地牧民冬季用的住房，原牧民到了春季就转到夏季牧场，所以屋子是空的，也没有上锁，只将门扣着。

亮子高兴地走上前开门走进屋子，屋子里有火炕和灶头，没有家具，地面和火炕上有尘土但也算干净，炕上没有席。亮子放下手中的干粮袋，扣好门。走了一天的路他感到十分疲倦，不顾一切地和着身上的衣服，一滚身躺在了炕上。这时的他心里很是安然，因为得了这样一处能平安过夜的地方，终于放心啦。一天的奔跑与不安的心情稳定了下来，不一会儿就呼呼地睡着了，进入梦乡……

只听得有父母亲的喊叫声："亮子回来，亮子回来！"亮子正好游过了黄河北岸，却看见对岸送行的人群中有父亲和母亲的身影，彭大伯和磨倌大叔也在人群中说："一个小孩子不知道想去哪儿，快让他回来！"母亲也非常严肃地说："快给我回到南岸来，你一个孩子家什么事情都干得出来，你能去得了北平吗？"

亮子高兴地说："爸爸，妈妈你们回来啦，那我就不走啦。"说着又游回南岸，高兴地对父母说，"我又能读书了……那多好啊……"

忽然，野狼在草原上嚎叫起来，还有猫头鹰捕食的呜呜声，惊醒了亮子，亮子这才明白自己是在做梦。是啊，如果父母亲还在，那一定不会让亮子一个孩子家去北平的。想起父母亲对自己的爱，亮子的眼里突然流出了泪水，心想：没有父母亲我一个十二岁的孩子能干点什么呢？亮子的心里像针扎一样的疼。他多么想念自己的亲人哪！对于野狼的嚎叫和猫头鹰的呜呜声亮子一点儿也不惧怕，这时离天亮还早，亮子渐渐地又睡着了，一直睡到天大亮。

初春的太阳从东方升起，照在大地上暖暖的。亮子爬起来，走出屋门，面向着灿烂的太阳，顿时感到心情舒畅。广袤的大草原上，草地青青，弥漫着幽幽清新的气息。他回过头来扣上屋门，注视着这第一夜住宿的这间屋子，恭恭敬敬地鞠了个躬后，向着太阳升起的地方跑去。

第十五章 得救

亮子从那间蒙古族牧民冬季住的屋子出来，一直向着太阳升起的东方跑，他心中没有一点儿底：到底什么时候能到北平？北平离这里到底有多远？路上有哪些不知道的困难？他心里犯难起来，越来越觉得自己孤独和寂寞。

实再跑不动了，又疲劳又饥饿，亮子见前面草地上有一个水潭，就走了过去，捧起潭中的水喝了起来，又打开干粮袋取出些已发酸变质的碎馍和碎饼吃了起来。那些发酸变质的碎馍和饼他都舍不得丢掉。他又将水潭边上长着的几棵蒲公英和鸭舌草拔起来从水潭中洗洗就着干粮吃了。

吃过后亮子又向前行进，走不多时发现自己的肚子咕咕作响，接着痛起来，并不断地拉稀水。他这才想到刚才吃了不干净的东西。这该怎么办呢？自己在这茫茫无边的大草原中又能怎么办呢？不管它，亮子只能拖着一阵一阵发疼的肚子还是向前走着。走啊，走啊，可肚子好像一点儿也没给他留情，没有一点儿缓和的余地。他只好坐在地上，忍受着剧痛，可越来越疼得厉害了，他只好趴在地上，向着前面一个较高的土丘爬去。这时已经到了晌午，草原的太阳炽热地照在亮子身上，他发起了高烧来，整个人有气无力地，躺在地面上一动也不能动。

就在这时，在这一带草原放牧的蒙古族青年奥特来发现一个汉族的小孩子在这一带走动，他不明白的是这个小孩子为什么一个人在这草原上行走？奥特来骑着牧马走近，发现这个孩子好像生病了，就直奔过来，走到近前才发现亮子已经不省人事。奥特来下了马，对着亮子喊叫了几声也得不到亮子的回答。奥特来心中一着急：不好，这孩子有生命危险！奥特来没有多想，必须将亮子抬上马赶回自己的营房去。

奥特来把自己的马拉近亮子身前，使力将亮子抱起，扶上马，自己一跃身子也上了马背，一手扶着亮子，一手抓紧马缰绳，向着自家的蒙古包跑去。

马跑了不多时就来到一处蒙古包，奥特来大声高喊："阿妈！阿妈！快快救救这个汉族区来的孩子。"只见从蒙古包中走出两位蒙古族妇女，一老一少，看样子老的是奥特来的母亲，年轻的是奥特来媳妇，两人都身着蒙古族服饰，见此情况奥特来母亲便问："在哪发现的？"奥特来说："在前山发现的，发高烧不省人事。"奥特来阿妈说："快抬进蒙古包。"说完三人一起将亮子从马上抬进蒙古包内，平放在由羊毛织的地毯上，阿妈和奥特来的妻子摸了摸亮子的额头说："这孩子病得不轻。"又接着说，"也不知道是生的什么病。"她对奥特来说："你快骑马去找阿嘛嘛大夫来给他医治，晚了这孩子就会没命的。"又补充说："你把病情告诉阿嘛嘛大夫让他多带些药来。"奥特来一边答应一边走出蒙古包，骑上马飞奔而去！

阿妈与奥特来的妻子，一面用凉水给亮子清洗脸上和手上的污渍，一面给他降温，并用温牛奶喂亮子，耐心地等待着大夫的到来。奥特来快马加鞭来到阿大夫的蒙古包，得知阿大夫已去别的蒙古族营地治病去了，只好快马去别的蒙古族营房寻找，一直跑了几处营地才终于找到阿嘛嘛大夫，便与他一同骑着快马回到奥特来家的蒙古包。

阿大夫走进包房，同阿妈打过招呼后，就给亮子诊治，经过把脉、试摸身体温度，确诊为中毒性恶痢，他用蒙古族草药给亮子灌服。

经过一天的救治，亮子终于醒过来了。

奥特来阿妈和妻子又给亮子换洗了衣服，擦洗了身子，让亮子静静躺在被窝里，亮子说："奶奶，阿姨和奥特来叔叔救了我一个不认识的汉族小孩子，又如此地关爱我，你们的爱心我万分感谢。我怎么才能报答你们对我的救命之恩呢？"亮子噙着眼泪。

阿妈、奥特来和他妻子都没多说什么，只是说：“这点事情是我们应该做的，谁碰见了你都一样，你病好了我们就放心啦。”

阿嘛嘛大夫问起亮子：“你从哪里来，要去哪里？”亮子详细地给他们讲了自己的情况。

阿大夫和阿妈、奥特来听了都说：“你这孩子好样的！你还小，有决心有胆量，有勇气，不怕路途的艰难，你一定能取得胜利，虽然有困难，有风险，你一定要想办法克服，但也不能不注意自己的身体，可不能吃不洁净的食物，这样会损坏自己的身体的。”

阿大夫说：“我多给你一些药，你要静静地休息几日，养好病再起身。”亮子说：“我还有几个钱给阿大夫做药费吧。”说着就去找自己的口袋。阿大夫说：“我不用你的钱，这药虽好也花不了多少钱，你自己留着路上用吧。”

阿大夫看着亮子身体好转了，留下几天的蒙药就离开了。

亮子在奥特来的蒙古包住了两日，吃了不少的蒙药，这蒙药都是用有色纸包装的，打开纸包里面都是草药面子，散发出芳香的气味，吃起来很苦涩。第三日亮子的身体便基本恢复了，他一心要上路，就告别了阿妈和奥特来夫妇，继续赶路。出门前，阿妈又给亮子拿了好多的炒米和奶食、干牛肉和酥油饼，让他在路上做干粮，亮子身上的衣服也变样了，都是蒙古族服饰，还有一个蒙古式水壶。亮子深深地谢过阿妈和奥特来夫妇的救命之恩后，大步地向着东方走去。经过这一次的遇难使他更懂得在艰难困苦中如何保护自己，更坚定了自己的决心和信心。

第十六章 路遇蒙古族祭敖包那达慕盛会

亮子离开奥特来的蒙古包一路向着前方行进。有了干粮又有水壶，他什么也不怕了，在经过生病的教训后，他每天按时吃东西，喝洁净的水，虽然身体不如前几日硬棒，可更坚定了信心，路也走得轻松了些。

这一日他一直走着，连夜里也没有停歇，因为一路上也没有遇见一个合适的休息地儿，一直到第二日清晨，他走得迷迷糊糊，爬上一座高坡，准备就在这里休息，睡上一觉，吃点儿干粮再走。火红的太阳从东方升起，清风飘过，吹得亮子睡意更增加了几分。一夜没有睡觉，主要是在野外考虑人身安全问题，这时天已大亮，睡上一觉解解疲劳。突然看见前面大小不等的十几座蒙古包，有序地坐落在草原上，彩旗招展，人群涌动，旗杆上拴着哈达和各色彩索，场面壮观气氛隆重热烈。

在那开阔的牧场上，有骑马的、坐车的、骑骆驼的，人们身着不同色彩的蒙古族服装，好不热闹。亮子这时失去了睡意，走近前去，一看就明白这里是在举行一年一度的祭敖包和那达慕大会。

说起祭敖包那达慕盛会，那可是蒙古族悠久的传统节日。

蒙古族祭敖包的习俗历史悠久，是蒙古民族最富有情趣的传统祭奠节日。敖包是“堆子”，它是人工堆积起来的石堆或土堆，大都是建在山顶或丘陵之间，形状多为圆锥体，高低不等，从远处看去像一座尖塔。

敖包是古代蒙古族社会实践的产物，敖包所在的地方一般是骑兵的集结地、围猎人员的集中地及猎户分猎物的场所，也是祭祀山神路神祈祷平安的地方，同时也起着识别方向确认道路的作用。

祭敖包包涵着几层用意，首先祈风调雨顺，牲畜兴旺，生活幸福安康，如遇有征战还祈祷旗开得胜，所向无敌。

其次在气候宜人，水草丰美，牲畜肥壮时节，公众齐聚祭祀敖包，举行那达慕大会，以解除一年来参加各项强体力劳动所带来的疲劳。蒙古族人们在那达慕大会上比男儿三技——赛马、摔跤、射箭，奖励优胜者，激励落后者，希望人们发扬马背民族善骑、善射，顽强不息的精神。

每年的五月十五或其他日子，蒙古草原以旗、乡或部落等都要举行祭敖包和那达慕大会。届时蒙汉民族一起欢歌笑语，人们穿新衣，从家里带上祭品，骑马或乘车向敖包会集。在主办方或有威望者的组织下，不分男女都要参加祭祀活动。大家首先要给敖包添加石块，向敖包献奶食或者哈达，由请来的喇嘛念经、焚香、酹酒，参加者不分男女老少都要向敖包跪拜磕头，最后参加祭敖包的人们都要围绕敖包从左向右转三圈，祈福招财，保佑人畜兴旺。

会场上锣鼓齐鸣，法号声阵阵，气氛庄严肃穆。在诵经声中献上笨巴中的甘露，宝什克敬奶，敬茶，敬酒。此时参加祭祀的人们有的取出自己带来的全羊的四根长肋和踝骨，拿在右手，有的拿起一点儿自己带来的奶食品，举在胸前，顺时针方向徐徐环绕，并与诵经喇嘛同声呼唤："福来！福来！""拉日吉鲁！拉日吉鲁！"意为吉祥留在这里，这是在招福。之后人们一边吃茶点、羊肉、喝酒，观看六十四对博克赛，与此同时由七十二匹马从八十里外直奔祭祀会场，前两名获奖，还有几十匹骆驼摆开一条阵，开始几个回合的比赛，前三名得奖。

整个比赛结束后，由举办方举行发奖仪式，冠军获得一匹好马，并且由一位有文采有口才的蒙古族民众即兴诵赞美词：

节日不等人，春日赛黄。
生的福，活的炫，生龙活虎在这边。
勤为先，富无边，最为赞美是人先。

棚暖圈宽勤扫垫，天寒日短水为先。

喂养牲畜知草料，勤刮勤扫除病邪。

寸草铡三刀没料也上膘，积草如积粮。

草好牲畜壮，母畜好一窝，公畜好一坡。

三月的骡子四月的马，五月的牛犊不用打。

牲畜伏天缺了水，来年变成脱毛鬼。

早喂喂到腿上，迟喂喂到嘴上。

养畜怕懒汉，比赛怕软蛋。

人们都你一言我一语地赞美获胜的那家马训练得好，喂养牲畜有经验，下功夫，不下功夫哪有今天的奖励呢？

接着宴会开始，人们共同庆祝这一值得祝福的节日，丰收的节日，安宁祥和的节日。

亮子欣赏了祭敖包那达慕的所有活动，心情十分的愉快。忽又遇见阿嘛嘛大夫，阿大夫对亮子十分的关心，询问了他的病情，告诉他今后怎样注意自己的身体，并和他一起参加了宴会，安顿亮子休息。

宴会后由乌兰牧骑为这次参加盛会的各族群众表演了丰富多彩的文艺节目，观众不时爆发出一阵阵的热烈掌声。文艺节目结束后，紧接着由各族青年男女跳起了篝火舞，在马头琴的伴奏下青年男女尽情地歌唱，使晚会达到了高潮，亮子虽然劳累但是也睡不着，便一起参加了晚会。

第十七章　进入河套灌区

亮子吃饱喝足，观看欣赏了祭敖包和那达慕大会，又参加了晚上的文艺演出和篝火晚会后，香甜地睡到了天亮，早上起来，又带了些吃食，告别了众牧民，就继续上路了。

亮子走了几日，来到河套灌区，他想走近路，却一不小心走进灌区网络，左也走不出去，右也走不出去。

河套灌区到处是土地肥沃的粮田，一望无际的河套平原，有大小不等弯弯曲曲的灌溉体系，横纵竖直延绵不断。这里的植被繁茂，各种庄稼茂盛地生长着，各种植物盛开着五颜六色的花朵，灿烂多姿，田堰层叠的庄稼，农作物渲染着生机和活力，空气里弥漫着浓郁的芳香。

这里的蚊虫特别多，咬得亮子全身尽是疙瘩。

他奔过河渠，绕过沟堰，什么困难也难不住他，什么障碍都能过去。

突然，一条宽大的支渠挡住了他的去路，他从左的方向也过不去，从右的方向也过不去。这条渠足有几丈宽，一丈多深，渠中流淌着混浊的河水，亮子顺着渠边又往前走了一段路，想设法过去，可河渠又深又宽，没有一处合适过去的地方，该怎么办呢？返回吧，走太多的冤枉路，不返吧，又过不去。这时西边的天空发起了云层，一阵清风过去，小雨就下了起来。亮子的衣服被小雨打湿了，又无奈地顺着渠走了一段路，依然没有找到能过的地方。如果现在不过，一会儿雨大了渠水会涨高的，就更难过去啦。

现在只能涉水而过啦，亮子选择了一处看起来较浅的地方，顺坡滑下渠水中，凭着自己游泳的本领，向对岸游去。渠水又深又凉，他一口气游到对岸，浮出水面，使了全身的力气向岸上爬。可坡太陡，而且淋了雨水泥土更滑，根本无法爬上去。亮子向上爬一尺，又向下滑一尺，再向上爬一尺，又向下滑一尺，最后又落入渠水中。

雨越下越大，渠水越来越高，快淹没了亮子的全身，他在水中挣扎着，尽力不让渠水淹没自己的头顶。这里上不去，就另找别的地方，可灌渠大体都是这样，他一边向下游漂动着，一边寻找可以上岸的地方。亮子已费尽了全身的力气，这时他再也无力向上爬行了，只好靠在岸边，保持体力，等待时机，准备做最艰苦的搏斗。

忽然，他一只手在渠水中抓到了一根木棍，足有一尺来长，亮子心想这根木棍如此结实，一定能帮助我爬上岸。他鼓起劲来，一跃就爬上了陡坡，把木棍一插刺入陡坡的泥土中，手抓紧木棍用最大的力气使自己不被滑入渠水中，双脚蹬着泥土，保持稳定，然后将木棍拔起在向上使力气插入，再向上前进一步，就这样连续不断地向上爬行，最终上了岸。等亮子上了岸后，软软地躺在地上，一动也动不了，他已耗尽了全身的力气。

过了好久，亮子慢慢地从地上爬起来，看着自己狼狈不堪的样子，他简单地把身上的泥土及脏污洗掉，就又慢慢地向前走去。

亮子拖着沉重的身子顺着一条田埂向前行进，走了好久，望见远处东西连绵的大清山下，有一处庙宇，只见大树参天，他急走几步，行到近处定睛观看，只见这座庙宇坐北向南，依山傍水，山崖青石峭壁、姿态各异、奇形怪状，有的像展翅翱翔的苍鹰，有的像昂首疾驰的骏马，有的像静卧的老牛，有的酷似巍巍独立的雄狮……繁茂的古榆、桦树、山杏、常绿的青草和各种灌木散发着无尽的生机和活力。

该庙宇正殿三间，正殿左侧和右侧各有一间偏殿，正殿匾额上写着“关帝岳飞庙”五个大字。

亮子走近正殿，一位长老迎了上来，说：“施主从哪里来？”亮子上前向长老行了礼，回答说：“我从远处的地方来，路过此地，天下着雨，长老能否让我住上一晚明日在走？”那长老说：“善哉、善哉。”

亮子走到关公岳飞坐像前，作揖参拜后，举目观看，正中有关公，岳飞彩绘座像，座像前面两侧各有两员站立的大将，手持大刀和长矛，整个彩绘塑像有五尺多高，姿态各异，风采奕奕，面颜红润，黑鬓如漆，明眸皓齿，神态慈善如佛。塑像前有供桌，供桌上有关羽和岳飞的座马像，供桌置花漆色样，并有香火蜡钱等。

整个庙宇富丽堂皇，光彩夺目，关羽与岳飞升天后主动请求司管人间时雨，为民赐福。虽二人不是同一朝代人，但生前都是一身正气，英勇善战，精忠报国，世人可敬。这也正是求福者建庙的初衷。

高大宽敞的大殿飞檐抖拱，雕梁画栋，琉璃瓦顶金光闪闪，十分壮观，庙内东西墙壁上彩绘着关羽、岳飞绒马倥偬、光明磊落的一生里几个光辉篇章：关羽的桃园结义，单刀赴会，出五关斩六将等；名将岳飞在奸臣的陷害下，忠贞不贰，率领岳家军英勇善战，多次打败金兵的几个篇章。

正殿两侧各有一间偏殿，左侧是奶奶庙，右侧是龙王庙，一百零八级台阶都用青石条板铺成，殿面居高临下，整洁古朴，四周一株株合抱粗的榆树、杨树，标志着庙宇的历史悠久。这些古树枝叶郁郁葱葱，遒劲挺拔，粗大的树枝伸出十几步远，巨大的树冠浓密的树荫笼罩着整个庙宇的屋脊。

亮子参拜完毕，小和尚便带领着去住所换衣服，然后去餐房吃饭。餐房和住所在庙宇左侧。饭后长老又与亮子闲谈了一会儿，了解亮子的年龄和一些出走的情况等事后，各自睡觉去了。

第二日亮子起来，洗漱后，走出住所，来到殿前举目观看。盛夏时节，树木成荫，鲜花盛开，争芳斗艳，河鸟鸣唱，大雁翱翔，空气清新，景色宜人，整个庙宇和山间阔地绿草茵茵，气象万千，好一幅美丽的画卷，令人心旷神怡。小和尚告诉亮子：有一位游子来到这里登殿参拜后举目眺望，心中感慨万千，随即吟出一首《七绝》来：

脚下踏边天外重，
塞外也有江南景。
台阶仰天眺远望，
树木遒劲郁葱葱。

鲜花盛开争芳研，
河鸟鸣唱雁翱翔。
大河东去自其然，
目睹此景仙人间。

殿前的石碑上的这首诗便是那游子边吟诗边提笔写下的。

亮子看了石碑上的七绝，不禁惊叹，那行书写的功笔有力，想到自己只念了几天书，没有多少知识，相比之下，太可怜了。

不觉天已不早了，亮子要告别长老上路了，长老对亮子说：“施主任重道远，道路奇险，必自受，来来来我为你开脱开脱。”便把亮子带到奶奶庙。亮子跪在奶奶塑像前叩拜后，长老赍手嘴里念诵着经文，念毕手中拿起一把用红布包裹的笤帚向亮子的头上打了三下，边打边说：“今天是你的生日，你长大成人啦，善哉善哉。”亮子奇怪地问：“今天是六月十八？”长老点点头，又念了一会儿经，念毕，与亮子一同走出奶奶庙，亮子告别了长老等众人就上路了。

亮子边走边想，真巧怎么今日是我的生日呢？父母去世几年了，也没有人给我过生日，巧的是今天的生日在奶奶庙过上啦。过了十二岁就是成人了，我已经长大成人，我更要努力，争取早日到达北平，找到姑妈。姑妈一定会让我读书的，我要刻苦学习，回报姑妈和去世的父母。

走不多时来到一条大路上，路上行人和车辆不断地往来着，亮子想这准是一条去往繁华的地方。这几日的行程，亮子把腿脚走得都肿了，难以忍受，走起路来一瘸一拐的，看见过往的马车真想搭个便车，那该多好啊！亮子一边走一边向赶车的车把式打招呼，可没有一个愿意拉亮子的。这时从后面来了一辆轿车，赶车的是个女孩，她十六七岁的模样，身着一身桃红色的衣服，圆润的脸庞，面带微笑。那是一辆枣红色轿车，一匹白色辕马，头带红缨穗，脖子上的铜铃叮叮当当响个不停。亮子上前和那位姑娘打招呼说：“大姐你好！能让我搭一会儿车吗？”那位赶车的姑娘早看见亮子年纪小，是一位小兄弟，说：“你要去哪里？”亮子紧赶几步说：“我要去前面的地方。”那位姑娘一招手说：“上车吧！”亮子一跃就跨上了外车辕口，同那位姑娘并排坐在一起。

亮子问:“大姐你去那儿？”姑娘回答说:“去包头。”“前面是包头啊？我正要去呢，有多少里路？”亮子问。那位姑娘说：“五十里。”

亮子又问：“大姐你这是去那儿干吗呢？”

那位姑娘说：“我是去河套送一个客人。”

亮子说：“大姐这轿车是你家的吗？”

那位姑娘说：“是的，我们家里有数套轿车，专门为包头去往各地的客商服务的。”

亮子又说：“很少有女儿赶车出门的？”

姑娘说：“你有所不知，我从小爱坐车，后来学会了赶车，我父亲是赶大车的，我和父亲经常在一起，就慢慢地爱上了赶车。我们姐妹三个都学会了赶车，每日和车打交道，帮助父亲干些活。可惜的是我家没有弟弟，所以我姐妹三人经常帮助父亲送一些短途的客人。我已经和车马打交道五六年啦，训练出来的马儿特别听话，这匹白骏马就是我一手训练出来的。它走起路来又快又稳，而且特别随人意，你这会儿还看不明白？”亮子点点头。

那位姑娘问亮子：“你是哪里人，去包头干什么？”亮子把自己的情况简单地告诉了姑娘，姑娘听到亮子是一位孤儿，便说：“北平很远，路上很危险，听说日本人早把北平占领了，再说你找到找不到你的姑妈还是个问号呢。你又没有确切的地方，万一你姑妈在北平生活不下去，离开了呢？不如到我们家给我当弟弟吧，我父母亲和姐妹一定会高兴的，你看怎么样？”

亮子一口回绝说：“这可不行，我一定要去找姑妈，如果找不到，我回陕西老家再打听去。因为姑妈很关心我，她知道我家的情况一定会担心我的下落，找不见我会着急的，我一定会设法找到我姑妈。”二人一边走一边说话，不觉已经走进包头。

包头街面真大，它是内蒙古大草原经济、文化中心之一，满街都是商贾，青年男女三五成群熙熙攘攘地选择各种货物。店铺、小吃铺、茶馆、饭馆摆满了各色食品，糖块、冰糖葫芦、炖羊肉、手扒肉、粉皮、凉粉、豆芽、猪肉块子、鸡蛋麻花、馓子，锅盔奶食品应有尽有。

皮毛加工，制革，铁木加工，米面作坊，酿酒制醋，发酱的，压面的，金银首饰加工，棉布制鞋，山货买卖等生意兴隆。

大小孩子喜气洋洋，眉开眼笑。有要猴的，说书的，卖西洋镜的，卖唱的，看相的，打卦算命的，求医治病的，卖药的，应有尽有。

他们将草原的牲畜产品和药材运回包头，经加工后获取利润，由于商贾的云集带来各行各业的发展，可不幸的是由于日本人对我国东部地区的入侵，使上海、香港的马客，云南、贵州的药商，天津、北京的皮毛商都濒临破产。

姑娘边走边给亮子讲包头的情况，再次邀请亮子到他家做客，说："天已晚了，你就到我家吧，你来我们家做小弟弟，我父母姐妹一定会欢迎你的。"

亮子说："做客可以，可我还是要去找我姑妈的。"

走不多时就来到了一处宅院，院落很大，分前后大院，前院并排停着几辆轿车，姑娘将自己赶的轿车停在前院的左侧，辕马交给了饲养院后同亮子一同走进后院的正房中。

姑娘领着亮子来见她的父母亲，说："他叫亮子，是我半道上遇见的一位小兄弟，今年十二岁，要去北平找他姑妈，晚上就住在我们家中吧，我想让他留下来，做我们的弟弟，可他一定要去北平找他的姑妈，我说北平已经被日本人占领了，他姑妈在北平不在还是个问号呢，可他不相信。"又对着亮子说："我说的对吗？"姑娘的父母亲将亮子从上至下打量了一回，见他高额头，圆下巴，长脸，口唇微厚，生得立眉霸眼，虽然才十二岁，却一身帅气，看上去真像个大人一样，便问道："你家中还有什么亲人？"问明白后又说，"原来就你自己一个人了，去北平找不见你姑妈怎么办？留在我们这里吧，你想读书我就在包头给你选最好的学校，让你读书，完成学业，同时让你的生活，学习都满意，你看如何？"亮子说："我不能连累你们，我一定要找姑妈去，从小姑妈疼爱我，关心我，我父母都去世了，我一个人在外姑妈一定会挂念的，我必须找到姑妈，让她放心。今天我就在您老这里过夜，明天就上路。"

姑娘的父母看亮子不愿意留下，就说：“那好，快去吃饭吧！”

姑娘与亮子一同到厨房吃过晚餐之后，又领着亮子到街上走了一会儿，一同走进一座街心花园。

傍晚最后一抹斜阳穿过林荫和那阴深深的绿叶，幽幽地照在树干上。天就要暗下来啦。街心花园的林荫深处，飘来一阵优美的歌声，唱歌的是位东北口音的小姑娘，在手风琴的伴奏下，她唱着：“我的家在东北大平原上，那里有我的父老乡亲，到处生长着大豆和高粱……我的家在东北松花江岸上，在那遥远的地方，清泉在流淌，阳光在歌唱，心儿啊飞向那遥远的地方……”歌声像清泉，叮叮咚咚地在暮色中流淌，歌声像阳光，把浓浓的绿荫深处照亮。歌声中表达出她对家乡的思念，思念家乡的父老乡亲。她那年轻的母亲为她伴奏，那样的关注，凝视着自己的女儿，手指轻轻地在琴键上移动，看她的衣着和举动，应该是一位知识渊博的妇女，她们原来一定有一个很和睦美满的家庭。

亮子和姑娘站在一边心里一阵震颤，中华儿女深受日本帝国主义的侵略，有多少这样的中国人无家可归呀？

天色已晚，亮子和姑娘心情沉重地回到家中，各自休息去啦。

第二日，亮子要上路，那位姑娘和两个妹妹都挽留他说：“北平被日本人占领了，你一个小孩子去很危险，你就留在我们家中，想读书或干活都可以，不要去北平了。绥远省比较平安，到现在日本人还没有打进来。最近听说绥东红格尔图地区，傅作义部队与日本人发生了一次大规模的战役，在傅作义将军的指挥下，绥东红格尔图全体军民浴血奋战取得了很大的胜利，还打下一架日本人的飞机。”

这次红格尔图战役，打出了中国人的威风，打掉日本人不可战胜的气势，有力地鼓舞了全国人民抗战的信心和打败日本侵略者的决心。这次战役得到了全国人民的一致称赞和声援，北平学生救国会还发起了大规模的慰劳绥远抗战将士的募捐活动。全国学生为东北死难者和逃亡者举行慰问演出，那些救亡歌曲、戏剧感人至深，尤其是东北流亡歌曲，唱者涕零，闻者欲泣。

亮子听了三位姑娘的劝说，又想起昨天街心公园目睹了东北的流亡者，心中有些犹豫，最后决定："先在包头找点事做，挣几个钱，然后在设法去北平，路途上也用得着，看看情况再决定，可不能长期住在你们家啊！"

早餐过后，三位姐姐各自都干活或上学去啦，亮子决定一个人上街看看能否找上一点活干，挣几个钱。他和伯父伯母打了招呼，伯父伯母再三叮嘱："如果找不上活一定回来，如果找上活没吃饭的地儿或没住处一定回来到我们这里，不必拿心。"

告别了伯父伯母，亮子一个人来到包头街上，转来转去询问什么地方有用工的，可怎么也找不到一个合适的事情做，忽然听见不远处有铁匠师傅打铁的叮当声响，这一定是铁匠铺。亮子急忙走去，眼见得三间铁匠铺面，门前有一副钉马掌的木围杆架。他便走了进去，只见一位师傅从火红的炉火中夹出一块红铁，赤红的铁块被炉火燃烧得发出刺眼的火焰。一位徒弟放下风箱，拿起大铁锤在师傅的指导下，同师傅有节奏地在铁砧上打了起来，叮叮咚咚响个不停，这时亮子开口说："我帮助拉风箱吧。"边说边走到风箱前拉起了风箱。

风箱很大，吹起的风把火苗吹到一尺多高，师傅又将被铁锤砧过的还未成形的毛铁放入炉火中。

这时师徒俩才看到拉风箱的亮子，很意外地说："你是干什么的？没事给我们拉风箱来啦？"亮子说："我是从外地来的，去北平，听说北平被日本人占领了，只好暂住包头，没饭吃想找个活干。"师傅说："我这里这一段时间活计多，正缺少人手，你如果愿意干，少不了给你几个饭钱。"亮子说："那好啊，给多少钱都行，有活干，有住处就好啦。"

铁匠师傅同意亮子住在铁匠铺，每天给他两个铜子，作为干活的报酬，足够他一天的饭钱。亮子很高兴，他每日勤勤恳恳，努力做好每一件事，把铁匠铺里里外外打扫得干干净净，多年都没有清理的地方都搞得一干二净，师傅和师兄都很欢喜他。

第十八章　被绑架拉骆驼遇险

亮子在铁匠铺安顿了下来，每日同师傅师兄干活，下班后按时吃饭睡觉，开始师兄和他在一起看守铁匠铺，后来因师兄已有家口，就放心地回家睡觉去啦，由亮子一个人守在铁匠铺里。师傅和师兄对亮子很是放心，一是亮子诚实可靠，二是他干活勤快，三是经过这几日一起干活，了解了亮子的家境情况，所以对亮子放心得像对待家人一样。

忽一日三更半夜，只听铁匠铺外面有人在破门，没等亮子穿好衣服，就见几个大汉破门而入，不容分说将亮子捆绑了，堵住了口，蒙了双眼，就被抬到一辆大车上，不知向何处去，一直走到天亮。等松了绑，去了蒙面布亮子才发现是在一所高墙大院里，被关起来，每日给饭吃，还训练养骆驼，装卸驼架货物。

有一日，整整装了一个白天，将几十头骆驼装满货物，晚上一个硬汉说："你们几个听着，从明天开始，我们一起赶上这几十头骆驼去很远的地方，你们几个人要老实听话，听从指挥，不可违抗以免受皮肉之苦，如有逃跑者定让你们脑袋开花，只要听从使唤保证你们一路平安，如有不轨之处定让你们皮开肉绽。"

第二日一大早，天刚蒙蒙亮就上路了，每人负责五头骆驼，离开了驻地向着蒙古大草原行进。这一行有五十多头骆驼，每头骆驼驼着沉重的货物，把驼架压得咯吱咯吱直响。为首的头领骑着骏马，不时地在前面和后面监督着整个骆驼队。四个随从有两个在前面开道，另两个在后面押后，他们都挎着长枪，五十多头骆驼在中间前行，天气又干燥又寒冷，西北风呼呼地刮个不停，打得人们的脸生疼，走的时间长了骆驼发赖，停止不前，还得用皮鞭在后面赶着。前后照应不过来有时就误了路程，押运的头领怨他们走得太慢，发起火来，几个随从也骂骂咧咧，气势汹汹的，看谁不顺眼谁就会挨打。

每日从天亮走到太阳落山才停下来，在就近的蒙古族营地或野外驻扎，生火做饭，停下来后各自把骆驼喂好草料或放牧，然后搭锅做饭，每个人都有各自的任务，完成后才能休息睡觉。

就这样行走了几天后，有一日来到一处戈壁，地面全是沙子，很少有植物生长，茫茫的戈壁沙地使人感到无限的惆怅。亮子心想我怎么能摆脱这一劫难呢？如果照此下去到库伦至少也得行走几个月时间，真想一个人偷跑。可不管白天还是夜间，那几个随从看守得非常严密，亮子只好强忍着，寻找脱身的机会，再说一个人也跑不出这沙漠地带，没有吃的东西一定会活活饿死、渴死，或者被野兽吃掉。亮子每日很规矩地配合，与其他人统一行动。他心中想的是不该在包头找活干，否则也不至于到现在这步田地，左思右想还是去北平寻找姑妈为上，圆自己的读书梦。

一日，天灰蒙蒙的，走不多时渐渐地暗下来，突然黑风骤起，飞沙走石，沙子打在人们的脸上，连头也不能抬，眯着眼睛，大风一吹好像人和驼都会被刮走，就连骆驼也行走艰难，加上驮的东西太重，每前进一步都非常困难。领头的告诉我们说：“这里是黑风口，经常有沙尘暴，如果不慎会把人和骆驼都刮走的。”要求大家用围布把口脸蒙好，把各自的骆驼管理好，大家一起互相配合，奋力向前行进，战胜沙尘暴。这时突然一头骆驼将缰绳挣断脱离了驼群，转眼间就被大风卷走啦。顿时，大家乱作一团。领头命令大家各自把自己的骆驼缰绳系好，检查有无断裂的地方，继续前行。大家各自抓紧每一头骆驼的绳索，跟在头驼的后面，慢慢地前行。沙子打在人们的脸上，全身都沾满了沙土，大家一点办法也没有，只能奋力地同大风作斗争。走了好长时间才走进一处避风地，大家赶紧把骆驼都隐蔽好，集中到一起，安顿下来，等待大风过去。

风越刮越大，不一会儿人和骆驼就被沙子埋了半截儿。领头的告诉大家：“我们不能这样等待老天的垂怜，照此下去，到了半夜就会被沙子全部掩埋的，那将会有生命危险的！大家鼓起勇气，整理好各自的骆驼，准备骑上向前行进。”领头的几头骆驼被几个人紧赶着，其他骆驼都跟在后面，大家呼喊着慢慢地前行。

大风呼呼地吹着，前面看不见后面，后面也望不见前面，一个接着一个，一个连着一个地向前慢慢地行走着，整整走了一夜。

风渐渐地停下来，天也亮起来啦，大家都松了一口气，找到一个地方安顿下来生火做饭。生火做饭需要用干牛粪或柴草，这几日每到一处生火做饭时，亮子都被指派去捡牛粪和柴草。这项任务难度较大，有的地方就根本没有牛粪或柴草。

如果捡不来牛粪和柴草，生不起火做不熟饭，亮子就会被众人责骂，有时还会挨打，因为对全体人员来说走了一天的路，吃饭比什么都重要。所以每到一处只要停下来，亮子首先就跑到远处有牛粪或柴草的地方去，尽量把柴草和牛粪这些做饭生火的燃料准备齐，不会使大伙吃不上饭。

又走了几日，驼队走进一处黑沙岭地界。这时候整个驼队已经走得人困驼乏，大家极需要休息，补充一些食物，恢复体力以利于继续前进。为首的人决定就在这里选择一处避风的地方，架锅做饭。

亮子把骆驼喂好料，急忙去捡干牛粪和柴草，生怕被罚。不一会儿就在近处捡了一些牛粪和柴草，拿过来后发现这点东西还不够做饭用，还得去远处再捡些回来。亮子手拿口袋越走越远，走出二三里路程也没把口袋捡满。

这时亮子突然发现远处有几辆日本人的汽车，车上有荷枪实弹的日本兵，向着驼队住地开去，这时的亮子心里突然有一种不祥之兆，他急忙隐身躲在一处低凹处观看。日本车队开到驼队的临时住地就有枪声响起，只见几个人纷纷倒下，亮子大惊失色，他趴在地上一动也不动地观察情况，又生怕自己被发现，枪声过后，只见日本人指挥着大家赶起驮着货物的骆驼向着北方走去。这时亮子心里才明白，是日本人要抢劫驼队的这批货物。他很早就听说日本人经常在蒙古草原与德王相互勾结，德王投靠日本帝国主义谋取内蒙古独立，出卖国家利益，受到蒙汉各族人民的反对。

亮子躲在远处目睹了日本车队抢劫骆驼队货物的情形，心中无比的愤恨，等日本车队赶着骆驼队走远后，他才从地上爬起来，慢慢地来到驼队架火做饭的驻扎地看个究竟。

只见为首的头领和他那四个随从都倒在血泊中，骆驼、货物和亮子的九个拉骆驼的同伴都被抓走了，地上只剩下锅中的干牛肉汤和半袋子没有吃完的炒米。这时的亮子吓得有点喘不过气来，蹲在地上好久才缓过神来，他想到自己没有被发现，没被抓走，有点万幸。可身边一下子连一个做伴的人也没有了，在这茫茫的沙漠中一个人可怎么活呢？他不由自主地哭泣起来。地上的那五个人怎么喊叫他们都不回答，都死了。他又想到了父母、哥嫂和村里的同学们，想到那时的生活是多么的幸福和快乐，可现在自己一个人该怎么办呢？他不知道今后自己应该怎么活下去。

亮子哭泣和思索了一阵，站起身来，望着这片沙漠，四周静得没有一点儿声音，也望不见边际。他明白痛苦和眼泪不能改变什么，只有振作起来。他心想还是要去北平找自己的姑妈，只有找见姑妈，亲人团聚，才能有幸福的生活。他下定决心一定要走出沙漠，这里不能久留，如果被强盗发现那对自己来说将又是一场灾难。

第十九章　走出沙漠和森林

刚刚刮过沙尘暴的沙漠天气，晴朗无比，太阳已要落下去了，大半个月亮从东边升起。亮子急急地赶路，一大步两小步地向着东南方向奔跑，他心想我带足了食物和水，只要饿不死、渴不死，我这两条腿就能走出沙漠。他不停地赶路，实在走不动了就停下来休息一会儿。他深感孤单与无助，这时他真思念当年父母在世时与村里的同龄孩子们一块玩耍，上课读书，下河游泳，抓鱼捉鸟的日子！他清楚地记得，第一次下河游泳，没有经验，下水后喝了几口脏水，差点儿被淹死，是同村会游泳的孩子们慢慢地带会了他；在许多个星期天的晚上，也是这个时候，皓月当空，全村的孩子们不分男女都来做游戏，“跑马群”“狼攫尾巴”“打岗”“招油锅”“滴羊窝”、踢毽子、跳绳等，真是热闹极了。亮子边走边回想那童年难忘的岁月。

就这样走得困倦了，走不动的时候就地休息一会儿，在沙丘上睡上一觉，醒来后吃上点炒米和干牛肉，喝上几口水，就又开始大步向前行进。翻一个个大小沙丘，亮子凭着全身的力气，就这样一直走了数日，不分白天黑夜，他终于望见了前面一片绿色的草原。

亮子的心情顿时放松了许多。在沙漠中的这些日子他的心一直是紧张和急躁的，有时不知走到何处，一点儿也摸不着头脑，特别是夜间更不知东南西北，只好看北斗星的位置来判断前进的方向，深一脚浅一脚，有时会被绊倒，只能爬起来再走。这时他看到了有植物生长的地方，高兴地大喊起来：“我终于走出沙漠了。”

亮子走出沙漠，来到一处草原戈壁，穿过这片草原戈壁就是茂密的原始森林。亮子高兴地加快速度，想找一些干净水来，因为这几天把几壶水都喝光了，没想到草原深处有水源，有野菜，这使他高兴得好像战胜了一切。

亮子把水壶装满水，饱食了一顿野菜，又开始快步前行。这时正好是晌午时分，太阳照在树林里，闷热闷热的，脚下杂草丛生，大片大片的灌木林密密扎扎的，好一个难行的地方。忽然，一阵清风刮过，又听见树林深处有簌簌的响声，亮子明白这是动物碰撞杂草的声音，心中立刻有些惊恐。他定睛观看，原来是一条大蟒蛇正在捕猎一只野兔。这条蛇被亮子突如其来的脚步声惊动了，野兔顺势逃跑了，可蟒蛇即改变了方向，向着亮子猛蹿过来。

蟒蛇有丈余长，碗口多粗细，张开大口直立着向亮子直冲过来。这时亮子吓得把干粮袋和水壶往地上一扔，掉头就跑，边跑边高声喊：“蟒蛇！蟒蛇！”看见前方有一棵松树，亮子径直爬了上去，这时蟒蛇已经追到树下啦，亮子向下观望，原来是一条雪花白色蟒蛇，头部直立着老高，张开大口，吐出一尺有余的舌信子，盘在树下成一堆。

亮子趴在树上吓得发抖，他定了定神，从树上折了一根大树枝，在树干上乱扑打起来，树上的树叶，树枝掉落下去，那蟒蛇在树下等了一会儿，转头渐渐消失在树林深处。

亮子松了口气，心想好险哪，他慢慢地下了树，是这棵树救了自己，他向树拱手作了三个揖，别了这棵树返回寻找自己的干粮袋和水壶，又向前走去。

又走了几十里路，来到一处山坡地，林草茂密，飞禽走兽满山遍野，亮子心中有些恐惧，可他只能硬着头皮向前行进，心想什么时候能走出这片森林，他从一棵树上折下五尺多长的一根木棒，去了皮拿在手中仗胆。

在不远处正静卧着一只猛虎，它刚捕食了一只肥大的野鹿，吃饱后正在休息，嗅到有人的味道，听到了行人的脚步声音，便向有动静的地方抬头张望嗅识，发现亮子后急速向着亮子发起冲击，并发出咆哮声来。

亮子听见杂草折断的声音，又感到一阵狂风吹来，接着听见老虎的吼叫声，只见一只猛虎忽地跳出来，白花额头，皮毛金黄色，眼睛闪着光，口似血盆，咆哮着向亮子扑来。亮子吓得扭头就跑，干粮袋和水壶都扔在了地上，一边跑一边用手中的木棍向地面扑打着，发出叭叭的响声。

亮子跑了一程听不见老虎追赶的声音，便慢慢地停下来，发现老虎真的没有追赶他，感到很庆幸没有被老虎吃掉。

原来老虎在这森林中食物充足，又刚好吃饱了肚子，而且这附近经常有狩猎者和牧民出没，所以老虎一般不轻易对人类进行攻击。

亮子丢掉了干粮袋和水壶，他这次不敢返回去寻找了，只好绕道向前行进。

走不多时他就觉得又饿又渴，丢了干粮和水壶，他只好在遇到有能吃的野菜时摘几棵充饥，走到有干净水源的地方喝几口水。

眼前只见郁郁葱葱，重重叠叠，望不到头的林海，简直是一幅青绿色的山水画。

经过胡杨林，走不多时是一片灌木林，逐渐来到大片的草原，亮子发现前面有蜜蜂在树林里嘤嘤嗡嗡不停地飞舞着，从树林的草地上向这里飞来，定神观看，一棵大树上挂着一个硕大的蜂巢，那蜂巢足有箩筐那么大，上面的蜜蜂成群结队地进进出出，飞来飞去，那沸沸扬扬的情景给人感觉它们正在忙碌。多可爱的小生灵啊，在这里利用草原上的野花来酿造蜂蜜，为自己酿造最甜美的生活，这么渺小的生灵却又多么高尚啊。一股甜香的气味迎面而来，听人们说过蜂蜜能滋养身体，而且养分也多，也能解渴解饿的，亮子心里想着如果能吃上一顿蜂蜜该多好啊！

现在他到了无法解决自己的吃喝问题的境地，眼前就是一顿蜂蜜大餐，如果失去这一机会，有可能会饿死在这草原里，到现在只有一拼了，设法吃上一顿蜂蜜大餐吧，要速战速决，这样才能减少蜂群的攻击。

亮子仔细观察地形和蜂巢的高度，要寻找一根长木杆，只要把蜂巢打下一半就够自己吃一顿了。

他到远处寻找到一根胡杨木棒，足够打下蜂巢的长度，只要捅的方法适当，就能掉下大片蜂巢来。亮子将自己的头部用上衣围起来，走近蜂巢，猛力向蜂窝捅去，然后迅速离开。跑到老远的地方观看，只见蜂群乱作一团，蜂巢被打下一半，落到地上，过了一会儿地面上的蜂蜜又都飞回到树上那半个蜂窝上，说明蜂王仍在树上那半个蜂巢里。

这时亮子飞快地把地面上的蜂巢捡过来，跑出几里路，才坐下慢慢地享用。

吃过蜂蜜后，亮子就地饱饱地睡了一觉，等醒来时，天已快黑了，他爬起来，又向前走去。

第二十章　遇见蒙古族兄弟巴尔斯

亮子走啊走啊，走了几日，终于走出森林来到一处草原，这时正是下午，天气有些热，亮子走得饥渴，他来到一处小溪边，清清的河水在流淌。水鸭、天鹅在飞翔，眺望远处牧野上，牛羊成群，牧马飞驰，忽见一位英俊少年，骑着骏马飞驰在草原上。

亮子喝了几口溪水，拣了几棵野菜在河水中洗洗，吃起来。

蒙古族少年早已望见河边的亮子，他牵着一匹杏黄色的骏马，身着蒙古族服饰，信步来到河边，便向亮子打招呼问好说："你是从哪里来的，就你一个人吗？你多大啦？"亮子回答说："你好！我是从很远的地方来到这里，一个人，今年十二岁。"那位蒙古族小伙子又问："那你要去何处呀？"亮子回答说："我要去北平寻找我的姑妈。"那位蒙古族青年开口说："北平离我们这里还很远哪，你到底是从哪里来的呀？"亮子回答说："我实话告诉你吧，我是从乌海县盘龙镇来到这里的。"

这个蒙古族青年叫巴尔斯，他不相信亮子徒步能从乌海县来到这里，便仔细打量了亮子一番，特别惊喜地说："了不起呀，十二岁竟能徒步从乌海县能来到我们这大草原。听说乌海县在阿拉善盟那边，离我们这里有几千里路程呢，这可能吗？"

亮子说："怎么不可能，现在我就站在这里了呀，我是凭着两条腿，一双脚一步一步地来到这里的呀。"

巴尔斯仍然不相信亮子的回答，又仔细地盘问了一番，亮子将前因后果向巴尔斯说了一遍，巴尔斯这才明白，并跷起大拇指说："了不起呀，我敬佩你的力量和决心，这一路一定吃了不少的苦啊，走吧，回我们蒙古营房去，我很愿意结识你这位少年兄弟。"亮子说："那我就多多感谢啦。"说着二人一同骑上马，骏马向营房跑去。回到蒙古族营地，巴尔斯告诉父母亲说："我从草原上捡来一个弟弟，我要和这位兄弟一起玩几天，他真是一个了不起的孩子。"

巴尔斯先让亮子洗漱了，巴尔斯父母早已准备好了奶食、奶茶和羊肉、炒米、果子等食品，亮子吃饱吃好后，巴尔斯又为亮子换上了自己的蒙古族衣服和靴子，在洗脚时巴尔斯发现亮子脚上有血泡，腿脚都是肿的，可亮子没叫一声苦。巴尔斯告诉亮子："这里是察哈尔大草原，那条河是滦河，它经过重叠耸立的山峰，越过茫茫无际的草原，汇入浩瀚的大海，它是北方游牧民族的摇篮，也见证了千百年来的兴衰。"

一切安顿好后，巴尔斯让亮子快躺下休息，先好好地睡上一觉。

亮子好像回到自己的家里一样，安心地睡着了，一个人独自行走，那提心吊胆的日子，特别是夜晚有被野兽吃掉的可能和担心一下子都丢掉了，等他醒来的时候已经是第二天的早晨。

等亮子洗漱后，用过早餐，亮子和巴尔斯坐在一起有说不完的话，谈不完的往事，好像多时相熟的兄弟，各自诉说自己的情感，爱好、经历和向往的地方。

巴尔斯要求亮子多住几日，养好身子并学会骑马、狩猎，然后再走，并向亮子讲起了自己和祖父的情况。

巴尔斯今年十五岁，蒙古族，镶黄旗人，祖父裕谦，字鲁山，嘉庆进士，道光六年六月出任湖北荆州知府，道光二十年署两江总督，次二月受命钦差大臣，到浙江负责海防。他祖父曾多次向皇上请求挽留林则徐，未能得到批准，后来英军攻陷定海，后又进攻镇海，这时他祖父五内如焚，誓要死守镇海。同时向清廷建议速调江宁、寿春、徐州等地驻军，支援镇海，可清廷犹豫不决，给英军以可乘之机，狡猾的英军由浃港登陆，绕出后山，致使裕谦祖父腹背受敌，当此危难之时，他祖父登城督战，抱与城俱亡之决心，视死如归。经多日急战，终因敌我力量相差之远，英军破城，他祖父见大势已去，投水尽节，时年48岁。

他祖父死后，英军惧其余威，悬十万金钱购其尸。

沿海人民则深切怀念这位“以御为剿”“以守为攻”的总督大人，清政府追赠他为太子宝衔，照上书例赐恤，并在镇海建立专祠，以表其功，当他祖父的灵柩运回京城时，清廷派郡王载锐前往祭奠。

他祖父一生刚直不阿，忧国爱民负责重任，是清政府的中流砥柱。他祖父是蒙古族的光荣，不愧是具有崇高气节的蒙古族英雄，他的英名和伟绩已永载史册。

亮子听了仰慕不已，原来他是英雄之后，于是跷着大拇指说：“了不起呀！了不起！我们要加倍努力，用老前辈的英雄事迹来激励自己，绝不辜负他们的原望。”

巴尔斯说：“我表叔达密凌苏龙，在正黄红格尔图，今年五十多岁了，是绥东第七师师长，剿匪司令，曾任过章盖、总管、团长，他的参谋长还是共产党员呢。”

在前年的绥东红格尔图战役中，我表叔达密凌苏龙与当地民众配合傅作义部队，取得了胜利，听说还打下一架日本人飞机了。

亮子说：“打得好啊，我在包头也听说了这次战役的胜利消息。日本人来我们中国完全是为了占领我们的土地，抢夺我们的财富。”

二人越谈观点越一致，越谈越感到心灵相近，巴尔斯在大草原也很寂寞，想让亮子多住几日，就说：“这几日你要养好身子，先同我一起学习骑马、狩猎，过几日我表哥要举办婚礼，我们一起去参加，一定要听听我表叔和社会各界人士对当前的形势分析，能了解到好多事情，你也看看我们蒙古族婚礼是怎样举办的。”

亮子高兴地答应了。

亮子与巴尔斯每日谈天说地，骑马、打猎，射击。

很快巴尔斯表哥的婚礼日期就到了。

第二十一章　拜见达密凌苏龙

没几天时间亮子就学会了骑马，也了解了蒙古族游牧生活。这一日他同巴尔斯及全家人骑马来到了巴尔斯表叔达密凌苏龙的住地，参加巴斯表哥的婚礼。

这是一处总管府，偌大的院子深灰色砖边土房，分东中西三个大院，东边是保安队的营盘，中间是总管的住所，西边是土房与蒙古包群，住的是袍子队，袍子队是蒙古地区的民团，保安队是总管的正式军队。

一位身着蒙古族长袍，五十多岁，个子高大，身材魁梧的蒙古族长者笑迎他们，这就是达密凌苏龙。巴尔斯上前向表叔问好，见礼后，他们一起走进客室，巴尔斯向他表叔、表哥和各位亲友们介绍了亮子，他们都表示欢迎。

都坐下后，摆上了蒙古族各式奶食、茶点，亮子一边品尝一边与巴尔斯表叔、表哥们交谈。

巴尔斯的表叔达密凌苏龙下巴左边有个痣，痣上长着一尺多长的胡须，所以当地人们习惯称呼他“长胡子”。

长胡子出生在察哈尔牧群。牧群是清王朝察哈尔八旗蒙古军队的养马场。达密凌苏龙父亲格日勒，善武术，善骑射，但家境贫困，不富裕，所以达密凌苏龙从小就开始游牧劳动，没有进过学校学习。只和父亲学就一身骑射、狩猎本领，十九岁补了丁，二十二岁被编排到清王朝的地方武装，后来参加了辛亥革命，三十八岁时在内蒙古阿拉善盟受到了塔王爷的重用。当时阿拉善一带土匪特别多，社会秩序很乱，牧民生活不安，常遭土匪抢劫。塔王选中达密凌苏龙帮助剿匪，他便率部将阿拉善境内的土匪在很短的时间内全部剿灭，功劳颇大，得到了当地牧民的称颂，也很受塔王的赏识。认为达密凌苏龙具有将军的才略。

后来达密凌苏龙回到自己的家乡察哈尔正黄旗当了牧民。在回家乡前将从阿拉善带回来的人马和武器都上交了当时正黄旗总管。

阿拉善塔王北京有府第，在清朝王室也很有威望，他向当时察哈尔都统推荐了达密凌苏龙，察哈都统和正黄旗总管接受了推荐，此时正遇十二苏木缺章盖一职，三十九岁的达密凌苏龙当上了十二苏木章盖。四十二岁时察哈都统衙门成了锡察护路队也叫民团袍子队，达密凌苏龙首任队长。当时这一代土匪特别多，广大牧民深受其害，尤其是旅蒙商人常遭抢劫杀害。达密凌苏龙的袍子队成立后，护路保商有功，深受商界欢迎。土牧尔台各商界和地方绅士等筹款为他立了“万民碑”，碑上刻着“万年流芳”四个大字，下边写着颂杨达密凌苏龙保商有功的碑文，背面具了商号，地方绅士的姓名与捐款数额。

五十二岁时任正黄旗总管，“九一八”事变后在共产党的影响下，积极开展抗日斗争，不甘忍受日寇的压迫为抗日做贡献，同共产党游击队以及八路军往来密切，提供情报，运送粮食，枪支弹药等。他热爱自己的国家，也热爱自己的人民。

达密凌苏龙才气过人，爱怜穷苦人民，就是乞丐上门他也会笑脸相迎，问寒问暖，甚至叫进伙房里给饭吃，他勤快好学，习惯于早起晚睡，早晚总要检查各兵丁的执勤情况，他还经常帮助马倌喂马、饮马，了解存在的问题。

他的性格直爽，对下人特别是年轻人要求严格，对搞歪门邪道的人很不客气，一经发现从严惩治，绝不留情，所以他的兵丁没有抽大烟、赌博或其他违法的行为出现，因此人们都很尊敬他。他所管辖的正黄旗北六个苏木的居民都能得到他们的护卫，特别对无依无靠的孤儿寡母更是照顾，他还创办了学校，聘请师资，出经费，拨校产发展教育事业。

谈话间一位四十来岁的中年人走进客厅，达密凌苏龙介绍说："这是我的参谋长纪松龄，让他给大家讲讲绥东的抗战形势。"

纪参谋长入座后说："感谢各位宾客的到来，很高兴和大家在这里见面，并祝贺达密凌苏龙司令的儿子新婚快乐。"他接着说："在这欢庆的日子里，我不得不在这个时刻说说日本帝国主义侵略者于1936年8月发动的侵绥战争，在中国共产党抗日民族运动的推动下，傅作义将军提出'守土有责，不容坐视'的思想，抗击日伪军进攻我绥东地区，发动了震惊中外的绥远抗战。

"1936年8月4日，日寇首先指使汉奸王道一带领一千余人向绥东红格尔图进攻，当时司令达密苏龙和我商议后决定给予他们迎头痛击。经过一天的战斗，毙敌二百余人，王道一率残部退回商都。11月14日，日寇又调集德王、李守信的伪军一万余人，汉奸王英的五千余人，由日本特务机关长田中隆吉指挥，发动了全面的红格尔图战争，同时德王派'伪蒙军'进占了白灵庙……"

听了纪参谋长的一席话，大家不禁拍手称赞。

这时管家宣布明日娶亲名单，亮子也被列入名单之中，他们明日将骑马同娶亲队伍一同去接新娘。

这时一位士兵跑进屋后递给达密凌苏龙一封信，看信后达密凌苏龙不由自主地流下了眼泪，他的好友尼玛敖德斯尔不能前来参加这次婚礼，因为前不久他被日本人杀害了。

只因为尼玛敖德斯尔坚决反对德王投靠日本人，多次阻止德王与日本人合作，并公开发表反日讲话，日本特务便冒充宋哲元的保安队开枪将他打死了。

这时，在场的蒙汉各族人们因失去一位可靠爱国忠心抗日的战友而悲痛。

这一事件清楚地暴露了日本侵略者对内蒙古族人民采取强行压迫手段，也是对察哈尔蒙古族上层人士玩弄的"杀鸡给猴"看的一次把戏。

人们你一言我一语地议论纷纷，坐谈了一夜，痛斥日本侵略者的狼子野心。

这时已到了新郎起行宴开始的时候了，宴毕迎亲队伍就要出发啦。

第二十二章　察哈尔蒙古族婚礼

亮子随娶亲队伍早早地吃过起行宴就出发啦，起行宴是东家为亲家代表和迎亲队伍出行前准备的专门宴，由新郎父母和新郎本人向大家一一敬酒，迎亲队伍由二十人组成，都是新郎的兄弟。

迎亲队伍出发时将新郎按礼俗打扮一新，在给新郎佩戴弓箭撒袋前，祝颂的人高声唱起祝福歌：

祝愿吉祥升平，祝愿安乐幸福，
远古从前，圣主成吉思汗，
迎娶聪慧的博尔帖，曾有这样尊贵的仪式，
新郎的撒袋里，装有好汉三艺的白色神箭，
锋利无比的箭头上，闪耀着圣主的威严，
给英俊的新郎戴上，象征着胆略和气魄，
弓满如圆月，飞箭似闪电，
百步穿杨如神箭，神箭只向儿郎赠，
祝福新郎多吉祥。

祝颂人祝福完毕，给新郎佩戴弓箭，尝一口鲜奶，骑上高大的骏马，迎亲队伍也都穿上盛装，在亲家代表的带领下各自骑着骏马向新娘家行进！这时还要牵一匹毛色、口齿与新娘的生辰属相相生、无克的鞍子齐全的骏马，取其吉利祥瑞，作为新娘的骑乘。

迎亲队伍走到新娘所居住的地方前要选派两名有经验的人去向新娘家报讯请安，女方立即设宴由女方亲家代表做好迎亲的准备，人们都在院门外等候，迎亲者来到马桩附近下马后，站在院门外等候的人们故意显出一副不欢迎的样子，这时新郎的迎亲代表中走出一位善于辞令者，请安后说："贵方宠爱的姑娘早已许配给我们的儿子为妻，择取今日这个良辰吉日前来迎娶新娘，请接受圣洁崇高的迎亲之礼。"女方嫂子中口齿伶俐者上前答话道："何为崇高圣洁的象征？那是安乐幸福的吉兆？珍贵的礼物，可给我们姑娘带来吗？请你一一说明。"迎亲者说："从圣主成吉思汗的马群中挑选的一匹骏马，日行千里，夜走八百，今天的艳阳高照，便是吉日良辰。"

双方对答一阵后，才让迎亲的人们走进屋。

嫂子上前解下新郎的弓箭撒带，婚礼双方的亲家代表们互相请安，行过对举哈达、交换鼻烟壶的礼节后才一一入座。

新郎在迎亲者的带领下向新娘家的神位献哈达叩头，然后向新娘父母叩头，向长辈一一敬献哈达和礼品。

女婿跪拜岳父母时，男方祝颂人也要诵祝颂词，大意是：

苍天赐予的姻缘，大地成就的一对伴侣，
盼来了这美好的日月，等来了这吉祥的一天，
为将您的女婿带来，跪拜您的家神和祖先，
骑上龙驹快马，一路如风驰电闪，
向苍天佛祖先人，用金黄色的黄油灯烛敬献，
向慈祥的岳母泰山，敬上成匹的丝绸锦缎，
各色熏香飘着芬芳，羊肉秀斯摆满供案。
……

行跪拜礼后，岳父母和新娘的亲属们也会给新郎回赠礼物。

这时新郎入全羊席就座，即“出嫁宴”，女方家用全羊宴来招待新郎的嘉宾和送亲的人们。

开席前，女方司酒者向双方亲家在座的人们一一敬酒，接着由新娘父母用银碗向双方娶亲和送亲的人们敬酒，再由双方的歌手向宾客献歌敬酒，马头琴和豪放的草原牧歌激扬地回荡在浩特牧场上。

席间新娘的嫂子们，要给新郎上一个羊脖骨，以探试新郎的手劲和解骨技能，因为羊脖子上的寰椎骨，一般人是很难解开的，如果新郎卸不开就会受到众嫂子的奚落说笑：“羊脖子都卸不开的可怜虫，怎么娶人家的玉美人？”如果新郎确实卸不开脖寰椎骨，就交给一同来的娶亲代表用刀剁开再交给新郎，为新郎打圆场。

席间新郎的同行人，要把放在羊背子下面的一块羊胫骨抢到手，迅速剥下踝骨，用哈达包好，塞入自己右靴的腰筒子里，这是礼节。这个羊踝骨不能让新娘家的人抢走，否则要向对方敬酒、献哈达或罚酒才能索回，传说羊踝骨是新娘的口福，带回新郎家才能过上富裕的日子。

“出嫁宴”结束时，新娘还要有一个感念母恩的仪式，即向新娘的母亲跪别，男方娶亲的代表，向新娘母亲敬献鲜奶、哈达等礼品，这时随着音乐和歌声，新郎新娘也同时向母亲敬献鲜奶或美酒，男方代表和祝颂人吟诵感念母恩的祝词，祝词内容朴实，饱含深情，在悠扬的马头琴声伴奏下，令在场的人无不为之动情，祝词的大意是：

祝您贵体安康，
祝您幸福吉祥，
绿草如茵的草原上，
自由快乐的百灵鸟，
虽然是母亲的心肝，
如今却羽翼丰满，
将要飞向蓝天。
这是世间的规律，
我们都无法改变，

清澈如镜的小河水，
纯洁美丽的白天鹅，
虽然是母亲的宝贝，
如今已翅膀健壮，
就要搏击长空，
这是普世的定理，
我们都要去遵循。
世代相传的姻亲之礼，
我们今日举行，
千年形成的婚庆之俗，
我们今天见证，
女儿是母亲亲生，
是您掌上的明珠，
心中的灯，
如今却要远嫁他乡，
在女儿离开您的日子里，
您要多多保重，
您要时时开心。
……

仁爱慈祥的母亲，
回想起女儿成长的历程，
一桩桩一件件事，
一场场景，
都历历在目，
都记在心中，
想到这里，
好像是打翻了五味瓶，
恕我嘴笨难以说得清，

您十月怀胎艰辛，
一朝分娩喜降临，
女儿的出生，
让您忘记了痛楚，
孩子的啼泣，
使您的爱更浓，
把女儿抱在怀中，
用羊皮褥子包裹，
解开衣襟喂奶，
三久严冬不觉得冷，
夜半三更常起床，
换取尿布看端详，
女儿哭声揪母心，
一声哭叫一声痛，
白天还要做家务，
洗刷尿布更细心，
手摇摇篮把儿唤，
盼望女儿快长成，
母爱如春御严寒，
摇篮曲中寄深情，
眼看女儿会爬行，
母亲这时更操心，
常常围着女儿转，
预防磕碰伤眼睛，
两岁女儿学走路，
百般呵护伴身边，
女儿开口叫妈妈，
母亲心里乐开花，
知冷知热知疼爱，

母爱如山高似海深。
……

五岁女儿已会跑，
跟着母亲放羊行，
吃饱穿暖打扮好，
耐心教育学礼貌，
寒冬腊月怕冻着，
烈日盛夏怕晒着，
深更半夜怕吓着，
剪刀锥子怕伤着，
石头木块怕绊着，
高处玩耍怕摔着，
含在嘴里怕化着，
母爱深情比天高，
回报一份不嫌少。
……

十岁女儿蹦蹦跳，
早已让她上学校，
学习文化长知识，
将来长大本领高，
从小养成好习惯，
长大才能品德好，
女儿成长每一天，
都有母亲相陪伴，
母亲就是好榜样，
吃苦善良又勤劳，
无私奉献为女儿，

人间大爱不求报。

……

二十岁马上到，

女儿已经长大了，

人长得窈窕又俊俏，

知书达理品行高，

说话温柔有涵养，

敬老爱幼懂礼貌，

人见人爱都说好，

与您的培育离不了，

从摇篮到学校，

日日夜夜您操劳，

女儿能有今天好，

多亏您的心血来灌浇，

今天女儿要出嫁，

离您远去要成家，

最好的衣服给她穿，

金银首饰给她带，

您的恩情比地厚、比山高，

孝顺的女儿忘不了，

今天我代表您的老亲家，

高举鲜奶敬您老，

献上的礼物算不上宝，

略表心意当回报。

……

出嫁宴一结束，迎亲的长者宣布准备就绪，迎亲队伍即将返程。

岳父母家人还要给新郎穿衣服，嫂子们要给新郎系腰带和挂万字海蓝，嫂子们给新郎系腰带时，不免要故意捉弄新郎将腰带系得紧紧的，使新郎紧得喘不过气来时才肯罢休。

新娘起身时，陪伴着新娘的众姑娘们总要纠缠一番，才放新娘起身，这时迎亲者牵着新郎、新娘乘坐的马让新娘上马后在院子内绕三圈才可走，因为蒙古族有“抢亲”的习俗，所以这也是沿用抢夺的仪式。

接着装有新娘嫁妆的蓬车也随同送亲的队伍向新郎家进发，所陪嫁妆总是尽力多多为好，有牛、马、羊共上百头牲畜。

途中迎亲的队伍必须走在送亲队伍前面，送亲队伍的人们为了取笑迎亲的，就跃马猛追，形成你追我赶的热闹场面。

美丽的新娘骑着骏马，身着察哈尔新婚服饰，在众骑手的陪伴下，更显得耀眼靓丽，在这平坦无垠的草原上飞驰，那茫茫原野，绿草茵茵，满目青翠，紫云升腾，令人陶醉。

在草原上那无数个湖泊像明珠一样，波光闪闪，相映成趣，招来一群又一群鸿雁，天鹅以及名目繁多的水鸟，它们为这奇异的北国风光所迷恋。

但真正在这里辛勤耕耘，建设家园的是勤劳勇敢的蒙古族民众，他们长期驻守在这美丽富饶的察哈尔草原，放牧戍边，保卫家园，使千里沃野更加生机盎然。

送亲的队伍到达新朗家附近时，新朗家派一名骑手，携带熟羊头一个，点心、奶酪少许前去迎接，送亲的队伍中由领队在马上接过托盘子的食物品尝后，把托盘还给来者，来者便向送亲者说几句讽刺的话，掉头拨马疾驰，这时送亲的人中一名骑手早有准备，立即拍马追赶，要夺取来者的帽子，夺得夺不得都无所谓，双方众亲皆大欢喜，谓之“抢帽子礼”。

送亲队伍到达新郎家门前，新娘下马时，将新娘连人带鞍一同抱下，新娘被嫂子们簇拥着走到新房前，婆婆给新娘尝鲜奶，这既是祝福又是婆媳相认。

拜天地时辰一到，院中设供桌，上面摆着香火供品，新郎、新娘跪拜父母，然后，让新郎、新娘跪在自己的左右两侧，面对喜神方向开始拜天地。

拜天地是旧式婚礼的大典，只有拜过天地的夫妻才算正式夫妻。

然后由磕头母亲或磕头父亲把新娘的头发，披在新郎的肩膀上，为其梳头洁发。这时女方来的嫂子端着盛有食物的盘子去见新娘的婆婆，示意向婆婆来取新娘的头戴，婆婆将为新娘准备好的全部头戴首饰放入盘中，让新娘嫂子送去，新娘方可进入新房。

新娘入洞房时由磕头父母亲带领新娘迈过门口横放着的拴哈达的树枝，踏着门槛上铺好的毡子进门，这时男方还有拦门的习俗，弟妹们堵在门口，不让新娘进入，男女双方的祝颂人还要进行一番饶有趣味的礼俗对答。

女方的祝颂人见有人拦门，便唱道：

祈祷吉祥升平，
祝福安乐幸福，
先祖成吉思汗之门，
也应准许通行，
圣主成吉思汗殿堂
也不得拒绝入门；
英雄成吉思汗的府邸，
也难阻挡我们前行。
倘是横蛮无赖之家，
便要坚决踏平打通。

男方祝颂人毫不示弱说：

前挂九色屏风，
预祝祥瑞吉庆。
四方会聚而来的，
尊敬高贵的亲家们，
如花似玉的，
各位大嫂夫人，
俊秀美丽的，
各位小姐姑娘，

屈尊各位稍加候等，
将先主的礼仪向你们提醒，
远在成吉思汗年代，
圣主对朝臣有过谕训，
嫁娶到达对方，
先要相谈言明，
方可进入门庭。
凡是初来乍到，
总要以礼询问，
这是主先的传统，
也是礼仪之章程。
……

双方如此激烈的礼俗对答，达到高潮时常常争得面红耳赤，一直到一方理屈词穷央求作罢时，才让新娘进入新房。

新婚夫妇由磕头母亲和嫂子领进新房，蒙着盖头给灶神叩头，然后新郎用箭头将新娘的蒙面纱挑开，之后嫂子给新娘重新梳理头发，戴好头戴首饰，在众嫂子的带领下向长辈们一一敬酒，献哈达，施磕头礼，凡接受新媳妇磕头的人，都要说些吉祥话，并回赠礼物。

磕头仪式结束后，婚礼宴即正式开始。

男女双方的亲属们和来宾们依次安排入席，亮子被安排到贵宾席就座。

新郎新娘依次向亲属、来宾敬酒施礼，敬酒间，蒙古族歌手高唱喜庆的蒙古族婚礼歌曲，场面隆重而热烈，婚宴上唱的是祝宴歌和敬酒歌两类。

如祝宴歌《美丽的世界》：

大驾莅临喇嘛美，
祈祷保佑神仙美，
发号施令诺颜美，
安乐幸福健者美；

外道喈，
万里长空雾霭美，
辽阔苍穹空气美，
绿野如茵草原美，
喜庆欢愉青春美；
外道喈，
桂花芬芳气味美，
莺鸟凤凰啼声美，
敲击木渔音色美，
甘露奔巴圣水美。

祝宴歌《小太阳之光》：

像太阳的光芒，
有叶茂的檀树，
待到花叶摇曳时，
是那样美丽的檀，
啊呀巴日外东喈。
像洁白的月光，
有茂盛的檀树，
待到枝杈展开时，
是那样美丽的檀，
啊呀巴日外东喈。
为了点缀天空，
有众多美丽的星星，
为了装饰人间，
有众多美丽的人们，
啊呀巴日外东喈。
为了装点汗乌拉山，

有众多美丽的树，
为了装饰大海，
有众多美的鱼，
阿咦巴日喂咚节。

唱酒宴歌时，在每段的间歇，客人们都要举杯饮酒，当婚礼宴的主管人宣布可以唱情歌时才能唱一些情歌。

隆重、热烈的婚礼宴上人们尽情地歌舞，频频举杯，尽情地享受蒙古族酒宴的各种美食佳肴，那热情待客的蒙古族兄弟姐妹们，使亮子深受感动，他既大饱口福，也大饱眼福。

婚礼宴一直进行到深夜……

第二十三章　钱马遭劫

婚礼结束，许多亲朋好友都先后告辞各自回家去啦，亮子也和巴尔斯、达密凌苏龙大叔道别说自己也要出发去北平找姑妈了。可巴尔斯和达密凌苏龙大叔都希望亮子留下来，并告诉他北平已被日本人占领了，而且路途遥远，他一个小孩子怎能徒步去北平呢？留下来可以在总管府先干杂务，在等几年岁数长大了还可以当兵。亮子却不同意，一定要去北平，并说如果去了北平找不到姑妈，还要回陕西老家去找呢，因为这是他唯一的亲人啦，他的目的还是想读书。

亮子一定要去北平，巴尔斯和表叔达密凌苏龙强留不下，只好让他自己出发啦。巴尔斯将这几日亮子骑的那匹骏马给他路途上继续骑用，达密凌苏龙大叔给了他一些钱，蒙古族嫂子们还给亮子准备了一些食物，让他路上食用，并再三叮咛一路注意安全，走大路，住大店，如果有顺路人可搭个伴，千万不要一个人夜间行走，亮子流下了眼泪感动地说："有这么好的人给我马、钱，像亲人一样对待我，我心中十分感激。"

尤其是那匹骏马让亮子喜爱得合不拢嘴，它全身青白色，高头胸阔，敏捷如飞，口齿又轻，真是一匹合心如意的宝马。这几日亮子骑训得随心应手，很听使唤，亮子真是爱不释手，他能有这样一匹骏马真是从来没有想到过。

他从心里感谢巴尔斯，亮子对巴尔斯说："你把一匹马给我用，这让我如何能接受呢？我还是徒步走吧，你们放心吧，我一定能去到北平，见到我的姑妈，我还要努力学习，长大后一定会回报你们这些好人的。我真心地感谢你们，我只能为你们这些好人祈祷、祝福。”说着，亮子跪在地上给达密凌苏龙和巴尔斯磕了头。

达密凌苏龙和巴尔斯急忙把亮子扶起来，说：“千万不能这样，快快起来。”说着亮子起来，眼中含着热泪，牵着小青马走出院子，告别了两位亲人，告别了所有送别的人们，骑上小青马离开了总管府，马儿飞奔着，很快消失在地平线。

亮子骑着小青马，一直向前飞奔着，经过了草原，逐步来到了起伏不平的山丘，这里已有农民开垦耕种的庄稼，越走村庄越稠密，过了中午，太阳快偏西的时候，他已经走出有二百多里路程，来到一处小牧场，只见一条小溪潺潺水流，青草翠绿，正好给小青马喂草，他下了马把小青马用缰绳绊起来，放在青草滩中让它自由食草，自己到水溪边坐下来一边休息，一边吃点干粮。

太阳炙烤着大地上，空气闷热，正是各种植物生长的季节，散发出不同的芬芳，给人以清新的感觉。亮子的心情十分愉快，自己有了脚力和路上用的吃的，是巴尔斯和他的表叔达密凌苏龙使他不能忘记，他们热情、善良、待人宽厚、关心别人，他们爱家、爱国，巴尔斯的表叔达密凌苏龙身就高位，却同普通人一样，一身正气、刚直不阿，对兄弟和老百姓关心和爱护，愤恨日本人及一切投日派，以实际行动与日本人进行着坚决的斗争，他接受共产党的领导，特别是纪参谋长的一番话更使亮子心中明白了许多。

亮子心里想着事，吃过干粮后在草地上不知不觉地睡着了。他梦到自己骑着小青马走进北平城，找到自己的姑妈，姑妈很高兴。亮子要求去念书，姑妈高兴地答应了，当走进教室，坐在宽敞明亮的教室里时，他正要从书包中拿出书本高声朗读起来……

忽然小青马在高声嘶鸣，惊醒了亮子，亮子起来一看小青马还在吃草，这才明白原来自己在做梦。

亮子看天色已不早，急忙骑上小青马向前赶路，一直走到快天黑时才走进一个集镇，叫“益寿镇”。有一处车马大店，亮子下了马进入大店院内，店掌柜的接待了亮子，帮他将小青马拴进马圈内，喂好草料，亮子开始自己打火做饭，莜面加土豆丝。不多时热气腾腾的莜面窝窝和一大碗土豆丝就做好了，亮子一会儿就将这些莜面窝窝和一大碗土豆丝吃了个光，吃过饭后，亮子将小青马饮过水，再加了草料，自己才安心地睡觉去啦。

睡到后半夜，亮子被急促的脚步声惊睡，只听得隔壁房间有喊叫声：“不准动！老实地起来。”亮子心中一惊：不好，是土匪来啦，这可坏啦，我的小青马……

亮子急忙穿上衣服准备开门出去时，被几个大兵堵了回来，只见他们闯进来，把亮子抓起来，一面说“小八路，往哪里跑？”一面说“搜”。

这可坏了，亮子的干粮袋和钱都被土匪拿走啦，他们将亮子绑起来，推到另一间屋子里，这个屋子里也有几位住店的，也被绑起来啦，亮子细心观察，发现这几位可真像八路军战士。

过了一会儿走进来几个国民党士兵，有个尖嘴的家伙问话说：“谁是八路？”没有一个人回答，亮子急忙说：“我是从草原来的，要去北平找我姑妈，我们不是八路，都是住店的。”那个尖嘴的家伙就说：“胡说，明明是来这里搞地下活动的，还要给八路军送物资，被我们发现了，哼！你这个小家伙身上的银元和你的马匹说明你就是八路军。”亮子高声说：“你才胡说，银元是我大叔给的，马是我兄长给的，怎么能说明是八路呢？”其他人一个也没有说话的，可那个尖嘴家伙认定了亮子是个八路，又是个小孩子，说：“把这个八路给我吊起来打，看他说不说！”他们正准备把亮子吊起来用刑，这时只听得外面枪声响起来，尖嘴的家伙和几个大兵都跑出院外，只听得脚步声和马蹄声乱作一团，一会工夫他们已不见踪影！

等亮子他们一个个都被松开绑时，他赶紧跑出院子去看他的小青马，可小青马已经不见了踪影。

亮子跑遍了全镇，哭泣着，高声叫喊着：“我的小青马，我的小青马。”却什么也没有，甚至连店家也不见了。

亮子又一无所有啦，谁也没办法把丢的小青马和干粮、钱袋给找回来，他只好无奈地一个人继续向前行走。

第二十四章　奇妙的故事——遇偷瓜小子

亮子的马被抢走，钱也没了，两手空空的走在路上，他带着向往，带着勇气和坎坷执着向着坚定不移的奋斗目标前进。

路上只有宁静的田野，翠绿色的庄稼，伴他前行，眼前这一大片一大片的庄稼是勤劳的农民耕种的，他们在最困难的情况下，也舍不得丢掉耕种土地的热情，他们才是生命的源泉和力量，走着走着天下起了蒙蒙细雨，亮子无处躲避雨水。

走不多时，只见前面有一个用茅草搭建的棚子，等走近时才看清楚是种植的几亩瓜田，那翠绿的大西瓜和香瓜布满地面。这时亮子的肚子空空的，看见熟透的瓜不由得流出了口水，他不由自主地弯下了腰，摸着一个香瓜想摘下来吃，可又一想怎么能摘人家的瓜呢？只好放弃站起身来，忍着馋和肚子饿，走进了瓜棚。

瓜棚里有一位老大爷正在迷迷糊糊地半仰在地铺上，地面上铺着一些秸秆，一块破毛毡，毛毡上有块破羊皮，还有一卷陈旧的被子，边上放着水壶和半个西瓜，还有些莜面饼。

老大爷听见有动静，急忙坐起来，看见是一位少年便说：“干什么的？不是偷瓜的吧？”亮子急忙上前说：“我是从很远的地方来的，外面在下雨，我见这里能避雨就走进来啦。”

老大爷一听是从很远的地方来，是为了避雨走进瓜棚的，便问：“从哪里来？……”亮子向老大爷详细介绍了自己的情况后，老大爷才让亮子坐下，同亮子一起交谈起来，并且将那瓜和莜面饼给亮子吃。

那老大爷问明白亮子的详细情况后说：“你是个好孩子，十二岁能有这么大的决心和毅力，让人佩服，相信你一定会成功的。”

“唉，我的外孙如果活着和你同岁，可惜不幸早夭啦。”亮子问：“大爷，他是怎么去世的，在哪里呀？”

大爷说：“说来话长，我女儿十八岁时，她的姑妈在大同居住，给我女儿介绍了一个对象，名叫傅三，是个教书先生，不久二人便结婚成亲，婚后夫妻俩一直很恩爱，我们大人都很高兴，不久就生下我的外孙，叫傅荣。”

“傅荣三岁时，我女儿不幸得了一场大病去世了，我们得知后连夜赶去大同，见女婿十分痛苦，女儿与女婿成婚后一直恩爱，现在女儿已死，又留下三岁的外孙傅荣，失去母亲的傅荣，谁能把他养大成人呢，我们把女儿安葬后，便带着三岁的傅荣回到这里，准备把他抚养成人。

“可没想到，第二年傅三就又娶了一个媳妇，还带了一个比傅荣小一岁的孩子，后来傅三来这里将傅荣带走，说：‘这几年麻烦您二老啦，我傅三一直教书，没办法看管傅荣，现在我续娶了一个媳妇，让傅荣回去和他继母相处，在您老这里时间长了会给你们增加负担，再说也不是一个长久的办法，现在把他接回家中，好让傅荣提早学习些知识做好学前教育。’

“傅三这么说我们也放心，他说得也有理，我们就让傅荣和他父亲回去啦。

“可没想到第二年，傅荣因在院子里玩耍掉入水缸中溺水身亡，噩耗传来我们万分悲痛，一个活泼聪明的傅荣怎么能掉入水缸中呢？这事故真让人想不通呀，这几年一想起傅荣我这心里就难受，我真想念我那女儿和外孙。今天见了你又和傅荣同岁，自然想起傅荣，这是一辈子的心病呀，哪能知道会出这种事情。”

老大爷接着说：“后来傅荣的死因邻居们议论纷纷传言四起，都说傅荣不是自己玩耍掉进水缸而死，是后娘故意将傅荣的头向下投入水缸中的。原因是后娘带来的一个儿子与傅荣在一起玩耍、生活、学习不和，经常打闹，加上傅荣聪明伶俐，后娘产生嫉妒心，怕自己的孩子以后招继父傅三冷眼看待，母子受气，低人一等，所以怀有不良居心。

“事过之后傅三整日忙于教学，后娘更是对傅三关心、体谅、体贴，夫妻更加恩爱，失去了傅荣，傅三对后娘带来的这个孩子更加关心和照顾。

“可没想到的是，邻居们的传言得到了一位老和尚的证实、原来那日，老和尚在钟楼上亲眼看见傅荣的后娘将傅荣向下投入水缸中，这座钟楼离傅三家的距离不太远，居高临下，当时老和尚只念了句：‘阿弥陀佛。’后来有人问起此事时，他说：‘是他亲眼所见。’

“时过三年人们都淡忘了，到今年雨季时，那位继母的娘家捎来一封书信，说他娘生病了，老妇人也想念外孙子，要他娘俩一同回去一趟。于是，娘俩乘坐一辆大马车，回娘家探望，在半路途中要过一道河水渠，正当马车行至河渠中间时，由于雨急洪水猛，马车被洪水淹没，娘俩被急流冲走，赶车的老汉与马车有幸脱险，等上岸后赶车老汉顺河渠寻找，一直寻找到水缓处才发现两具尸体，见娘俩已经死亡。

“噩耗传来，无不让人震惊，三年前所发生的傅荣投缸一事是否真实，又让人联想起来，有人又专门去向老和尚请教，老和尚只说了一句话：‘心正过得洪水渠。阿弥陀佛，善哉善哉。”

话说间天色已暗下来，老大爷叹息了一声说：“我该回家去啦，你这个孩子是个可靠的孩子，今晚就在这里给我看瓜田吧！一个人也好休息，你从小有志气，有奋斗目标，想读书，能吃苦，又勤劳，不畏艰险，有出息。”

大爷指着水壶和莜面饼说：“这里有热水和一些莜面饼，想吃瓜就随便摘，明天天亮时我给你再带些吃的来。到天明有几个小子来偷瓜时，把他们喊出瓜田就算了事，摘几个瓜也没什么，让他们摘去吧，别招惹他们。”亮子说：“多谢大爷的信任，我一定看好瓜田。”大爷走出瓜棚，又嘱咐了几句话便回家去了。大爷走后，亮子在瓜田四周观看了一遍，就睡觉去了，睡到五更时，忽听得瓜田那边有动静，亮子想一定是偷瓜的人来了，怎么办呢？一定要会会这几个偷瓜的，亮子起身，走出瓜棚，只见有两个人影，亮子手提叉，就向人影方向走去，只见两个大约十四五岁的男孩子，抬起一大包香瓜和几个西瓜要走。回头一看来了一个看瓜的少年，手里还提了个叉，其中一个黑脸小子不慌不忙地站在瓜田里笑着脸看着亮子走过来，说：“你是哪儿来的？像是看瓜田的，从未见过，不是也来偷瓜的吧？”亮子说：“我是帮助大爷看瓜的，你们为什么偷大爷的瓜？”那个黑脸小子说：“我们是这儿的常客，就是大爷在这瓜田里我们也要吃瓜，你来看瓜那更好说话啦，我们想吃哪个就摘哪个，你更管不了啦！”亮子说：“大爷年老种这点瓜太辛苦啦，他要付出多少劳动和汗水才能结出这么丰收的瓜果。你们俩年纪轻轻的一大早起来偷瓜，太可耻了吧？”那个黑脸小子说：“你是哪里来的东西？敢口出狂言，让你小心，非放倒你不成”他举起自己的拳头说：“几拳头就打得你屁滚尿流。”说完哈哈笑起来，看他的样子很得意，可这时亮子更严厉地指着黑脸的偷瓜小子说：“你们敢动手，我绝不会轻饶你们，偷人家的东西不感到羞耻，还得意狂妄，真是无耻之徒。”那黑脸小子说：“难道我怕你不成？你把手中的叉扔掉，咱们来个单打决斗，让你服了我才算好汉。”亮子听后将叉扔在一边，两人走出瓜田来到一处草地上对决起来。他们俩一来一往，互相抓拿，各自想制服对方，黑脸说：“凭我的力气准能制服你，让你心服口服。”亮子说：“如果你输了以后不许再偷别人的东西。”黑脸小子说：“一言为定。”二人互相你抓我、我抓你，撕扯在一起，一个挣脱了，又被抓住，互不相让，一个被摔倒又翻起来，另一个又被摔倒，斗了好一会儿谁也没有把对方斗倒，只能各自放手喘着粗气。亮子这时才看清对方有些脸黑，个头也比自己高，力气也比自己大了点，长着个砣鼻子，大嘴巴，两眼黑亮有神。心想如果一下子制不服他，再来上几个回合，自己是敌不过他的，一定会败下来，到时候就无话可说了。他忽然想起来有一个绝妙的手段，一定能制止这个小子，要让他心服口服。

这时那位黑脸小子紧逼过来，亮子只有退让，设法儿制服对方，黑脸小子紧逼不放并猛冲过来，亮子只好来个躲闪并顺手将对方抓住来个鹞子翻身将他翻倒在地上，压在自己身下，并用双手将他的一只手翻扳过来，使黑脸小子无法反攻，大声喊叫：“小忠帮忙，小忠帮忙。”只听他呀呀喊叫，痛苦无比，不得不服软承认错误。

另一个小子名叫小忠，只在老远处提着一包瓜，干傻着观看，他干着急不敢上前帮助黑脸小子。

亮子和那位服软的黑脸小子经过几个回合的搏斗，总算有个结果，各自坐下来，面对面交谈起来。

原来黑脸小子外号黑娃，从小父母离异，母亲改嫁，自己虽然和父亲在一起，可父亲是个不称职的父亲，经常在外面喝酒、赌钱夜不归宿。黑娃一个人在家里没有人照料他，又没饭吃，上学也学不好，总感觉比别人短了几分，干什么都没有上进心，大多时间一个人孤独饥饿，独自在街头流浪。

小忠从小家境贫寒，他三岁时父亲上山砍柴，从悬崖上掉下来摔死了，父亲去世后母亲在绝望中离家出走，从此杳无音信，只留下奶奶和小忠相依为命。可奶奶年老又失去自理能力，无人照料，没有吃，没有穿，柴不来米不进，小忠八岁时就沿街乞讨，要回点吃的给奶奶充饥，并照看奶奶，家中一切在奶奶的指导下都由小忠完成，所以小忠在奶奶的教育下从小不与人打斗，天生胆怯，也是一心为了奶奶的安危。小忠每日大多数时间在外讨饭吃，后来认识了黑娃，二人经常结伴而行。

小忠见黑娃与亮子交谈起来，把一包瓜丢下来，也凑上前来听他们二人的谈话。

亮子了解他们二人的情况之后，说："就这点小事，你们就不读书了，也不干活了，比起我来，那你们只是微不足道。"亮子将自己的经历向两位刚相识的兄弟详细地诉说起来，父母如何去世，哥嫂抽大烟将家中一切财产抵债，自己如何失学打工维持生活，后来才想起姑妈，下定决心去北平找姑妈，想再读书的决心，路上遇多少困难和风险也不能改变自己读书的信心。亮子说，男子汉不读书就是最大的不幸，最大的耻辱。"越是在最困难的时候，越要努力争取继续读书，争一口气也要完成学业。要比父母在世时更上进，更努力，为自己争气，为父母和亲人争气，如果不读书就要干活，挣钱来维持生活，这是唯一的出路，绝不要靠别人养活自己，小忠，要为你奶奶争气。"听了亮子的话，黑娃与小忠表示，以后坚决不偷别人的东西，要浪子回头，要干活打工来养活自己。

这时，天已大亮了，太阳从东方露出脸来，橘红色的太阳又大又圆，不一会儿放射出耀眼的光芒。

大爷来到瓜田，看见黑娃和小忠说："你们俩又来摘瓜？"

这时亮子上前对大爷说："大爷早上好，我们三个人已经相识了，也都说定了，绝不会再来偷摘您的瓜了。他们两人保证以后改邪归正，好好做一个好孩子。"

大爷说："是吗？"黑娃和小忠都说："大爷您放心，我们说到做到。我们一定不会再偷摘您的一个瓜了，您一年劳动辛苦也不容易，到了丰收的时候我们来偷摘您老的瓜真是不应该。"说着将摘下来的那些瓜送回到大爷手里。可是大爷说："只要你们知道劳动成果是有回报的，更不能去占有别人的劳动成果，知道改正错误，那就让大爷我很高兴了，不过摘几个瓜尝尝是可以的，那不算偷盗，可不能经常来摘，这几个瓜你们摘下来啦，大爷就送给你们啦，拿去吧！

黑娃和小忠同时说："大爷，从今天起我们不要您一个瓜啦，也不再来摘您一个瓜啦，今后我们俩也有办法解决自己的生活问题，我想和小忠一起去打工干活挣钱养活自己和家人。"大爷说："那好啊！"

这时亮子要上路了，告别大爷说："感谢您昨晚让我睡了个好觉，我要上路了。"说着就要离开，大爷说："孩子你可以多住几日，也好给我看瓜田呀！"亮子说："大爷，谢谢您的挽留，可我不能，我要走啦。"大爷将一点莜面饼塞进了亮子的手里说："路上多小心。"说着亮子与大爷和两位兄弟摆手告别，离开了瓜田，这时大爷自言自语地说："多好的孩子啊！"

这次黑娃和小忠经过了亮子的开导，在思想上深受教育，好像一下子就长大成人啦，从此他们两个互相帮助，一起在工地干活，挣钱来维持家中生活，走正道，不再流浪街头，更不去偷盗别人的东西，成了人人称赞的好孩子。

第二十五章 打工挣钱

亮子专心致志地要去北平找姑妈读书，他走着走着，心想人们都说乘坐火车去北平，又快又省力，如果我能挣上一些钱坐火车去北平那该多好啊！骏马能历险，但犁田不如牛啊！我要做骏马，也要做黄牛。这时，路边有一家人家正在收割一块麦田，金黄的麦田大约有几十亩都成熟了，亮子知道成熟到这个程度的麦子如不及时收割会受到损失的，特别是遇见一场大风，那可就损失大了，会把整穗的麦粒都摔打掉在地上的。

亮子走进麦田，问道："需要用帮工的吗？"一位大叔接起活来说："你想割麦子？"亮子说："想割，给多少钱？"那位大叔说："割一亩给半元钱。"亮子说："那好啊！我现在就开始割麦子啦？"大叔说："你能行吗？有点太小了吧？"亮子说："我从小就在农田里长大的，这点活没问题。不知道我该怎么个割法？"大叔说："你从那边开始割麦，这把镰刀给你用，割倒的麦子要捆好，十个为一摞，到割完的时候我们一起结账。"

亮子接过镰刀就到大叔指定的麦田地头开始割起来。

亮子从小在农村长大，对割麦子非常熟悉。一是割得快，二是割得干净，三是割过的麦茬低，柴草丢失得少，同时割倒的麦子要一捆捆地捆起来，将丢失的麦穗捡干净，不能丢掉，最后码成十个为一摞的人字形，让它自然晾晒，防止发芽，发霉变质，以利于场收。

亮子这样帮助大叔将这块麦田全部割完，用了三天时间，这块地大约有6亩，亮子共挣了3元钱。

东家说："你这孩子干得不错，虽然不足六亩就按六亩给你工钱。"亮子高兴地收了钱就又上路了。

亮子与大叔告辞后，走在农田的大道边，金黄的麦田都已快成熟，绿油油的莜麦，开着白花的土豆秧，开着蓝花的胡麻，开着粉花的荞麦等，农作物长势都很好。今年是个丰收的年景，他自然地想到自己家那十亩耕地曾经下了很大功夫，特别是父母亲不知流了多少汗水才得到那十亩宝贝耕地，可惜都让不争气的哥嫂抽大烟失去啦，又叹息自己没有把哥嫂的恶习帮助改掉，没有把自己父母亲辛苦挣下的耕地、住房保留下来，到现在成了家破人亡的牺牲品，落得个走投无路，颠沛流离。到现在才明白没有家庭的困苦和孤独，当时为什么自己没有能力说服和改造哥嫂不良的抽大烟恶习呢，这是自己最大的无知和无能，究其原因还是自己年龄太小没有经验，无法驱使哥嫂改变恶习，亮子深感自己的不足，也可笑哥嫂执迷不悟，固执任性，不听从别人的劝说，贪图一时快乐，不顾后果，造成如此大的灾难，深感失去父母的孤单和寂寞，自己竟落得如此地步，回想在父母亲身旁那温暖和快乐的情景，亮子流下了两行眼泪。

亮子顺着大道，走过一村又一庄，沿途打问用工的人家，可问了几回，也都没有问到。亮子看见前面有一个村子，从村头远远地望去有一间磨房，亮子大步走过去，走进磨房内，只见一位老头在磨房里摇着箩子，只听得磨盘的磨面声和拍箩声。亮子忙上前问道："老大爷，有用帮工磨面的吗？"那位老大爷见是一位少年，说："我也是给人家帮工的，哪有用工的？"亮子和老大爷说了一些话就离开啦，听说离集宁县不远了，亮子快步赶路。

走出几里路，只见前面是一大块菜田，有十几亩，生长着各种蔬菜，亮子想着一定是集宁县郊区的菜地，专为集宁街市居民种植的生活用菜，只见有位老叔正在浇灌菜地，水井上的一头毛驴拉着水链水车从井底把井水拉上地面，流入一个大粪池中，将池中发酵的大粪同井水混在一起，然后溢出池子流入菜畦中，久旱的菠菜得到肥水的浇灌，相信不几日就会长成又高又大深绿色的壮苗子。

被浇灌过的各种蔬菜嫩绿嫩绿的，发出清香的味道。亮子走进菜田，走上大井，他口渴了，趴倒在地喝起从井上提上来的凉水，喝过后向那位老叔走去，问道："老叔，用人帮工吗？"那位老叔看着亮子说："用是想用，可你能干点什么呢？"亮子问老叔说："什么活？"老叔说："是又脏又累的掏大粪活。"亮子说："掏大粪？到哪里？"老叔说："去五里地的城里。担上大粪桶，拿上茅勺，找见茅厕掏满后担回来就行了。"亮子问："能掏上吗？给多少工钱？"老叔说："能掏上，只要腿子快，多走一个茅厕，掏回来每担大粪一角钱。"

亮子想：干别的活没有，掏大粪只要能掏上，给钱就行，脏点累点年轻人怕什么，就对老叔说："那我就给老叔掏大粪吧。"老叔说："你能担动一担大粪？足有百十斤重，路又远。"亮子说："百十来斤我担得动，路程远些那我多歇一次脚就是了，只要能给钱我一定能掏回来的，而且我要多掏几天。"亮子最后说："老叔能兑现钱吗？"老叔说："你一个孩子家只要能干，老叔不会哄骗你的。"亮子说："那好。"说着就要挑起粪桶准备出发，老叔说："今天天气太晚了，从明天开始掏吧，今天晚上你就住在那间菜棚里，如何？"亮子说："那太好啦，听老叔的安排。"说着亮子就接过老叔的铁锹说："老叔那我给你浇灌这几畦菜地吧？你先歇一会儿。"老叔说；"好孩子，我给你收拾菜棚去，你晚上好休息，再过一会把这几畦蔬菜浇灌完就收工了。"

亮子熟练地把一畦菠菜灌满水，又用铁锹将土铲起，顺利地堵严菜口，把水送入另一畦中，好一会儿功夫将剩下的几畦菠菜浇灌完毕了。

老叔先将发酵池中的大粪用粪棍搅拌了一会儿，使其水中大粪更浓，然后到菜棚里给亮子安顿晚上休息的地铺，等亮子浇灌完几畦菠菜后，回到菜棚中，大叔指着一些干粮和半壶水对亮子说："这点干粮和水够你今晚用了，明日我再给你拿些来，今夜休息好明日早上吃过早饭再去镇上掏大粪，想吃菜自己动手摘些来。"

大叔接着说："镇上不太平，日本人经常抓民工，不管是老是小，凡是男工都抓走，修路做工，特别是修工事，什么活都让你干。你掏大粪要特别小心，在小巷小道里掏，见了日本人就要远远躲起来，不要被他们碰见，更不要被抓走，如果被抓走，那可就要受苦的，最轻的活是修公路，每日吃不饱，一干十几个小时，有的民工被活活饿死或累死。”亮子问：“大叔那你没有被抓走？”大叔说：“我们是按村里分配名额出工的，日本人一是抓人，二是分配名额，我的儿子被分配出工已经一个多月啦，也不知道去哪里干什么活去了，这段时间我心里总是放心不下，你一个小孩子家可要当心哪！”大叔接着说：“日本人已经占领了大半个中国，整个华北都让日本人侵略了，就说咱们集宁县吧，市场上原来各个门市、商号都大多数停业了。”大叔说完就拉着小毛炉回家去啦，亮子一个人心情低落地胡思乱想。边想边吃了点干粮后就睡觉去了。

亮子进入梦乡，他回到家中，看见哥哥和嫂子，他们已经不抽大烟了，并发誓永远不去沾它，哥嫂见亮子回来，高兴地说：“亮子你回来啦，这可太好了啦，我们又能在一起高高兴兴地生活了。”亮子说：“我回来啦，你们不抽大烟我就不走啦。”哥哥说：“那好啊，我又开始放羊啦，捡回一个红色瓦盆，你看多好啊！”亮子接过瓦盆说：“这个瓦盆正好洗脸用，我先洗洗我自己的脸吧，好久没有洗过一次脸了。”亮子将瓦盆放在地上，用瓢舀了水，倒入瓦盆内，只见红瓦盆的水发出嗡嗡的声音，并冒出水泡来，哥和嫂子说：“这是怎么一回事呢？怎么瓦盆会冒出水呢？”亮子也搞不清楚，急忙把红瓦盆端出院子把水倒掉，红瓦盆立马就无声无息了，哥嫂说：“这个红瓦盆不能装水，就用它放小米吧。”就把家中仅有的一点小米放了进去，可过了一会儿红瓦盆里的一点小米慢慢地变成了一红瓦盆小米，哥嫂说：“那就用红瓦盆放白面吧！”放入白面后不一会儿一点白面就变成了一大红瓦盆的白面，哥嫂和亮子高兴地说：“有吃的了，以后再也没有饿肚子的日子了。”哥嫂说：“我们同别人借个银元，放进去会不会变一大盆银元呢？亮子你快去与磨倌大叔借一个银元来我们试一试如何？”亮子快步跑去同磨倌大叔借回一个银元，到第二天红瓦盆内就变成一大盆银元，这下可好啦，哥嫂同亮子什么都有啦，从此他们不愁吃不愁穿，亮子高兴地又背上书包上学去啦，他穿的、吃的，用的都不比别人差，哥嫂也对亮子十分关心。

一天哥嫂说：“亮子你去借一个元宝来，咱们要让红瓦盆变一大盆元宝，那咱们就是这里最富有的人家啦，我们要当大财主、大财东。”亮子就去借回一个大元宝，放入红瓦盆中，第二天看看红瓦盆中生出元宝没有，结果又生出一大盆大元宝，哥嫂高兴地去端红瓦盆，结果大元宝太重把红瓦盆压破了，这可怎么办呀？哥嫂抱着破碎的红瓦盆哭泣起来：我的聚宝盆，我的聚宝盆……

亮子突然醒来，发现原来又是个梦，他深思着：“想有大元宝，想当大财东，想读书，靠聚宝盆、靠梦想，能实现吗？”看看天已大亮了，他走出菜棚，拿上茅勺担起一对茅桶，向集宁镇走去，还是用实际行动挣钱去吧。他快步走在通往集宁镇的小道上，走进集宁北门，守城的日本人和伪警察一看是个掏大粪的孩子，那茅桶和茅勺又臭又脏，老远就摆手让过去了。因大粪桶和担子是大人用的，亮子个子小，将担绳子一折二挑起来，路上没有行人，亮子选了就近的人家，找见茅厕，就开始掏大粪。

因为日本人的侵略，好多老百姓都外出逃荒或避难去啦，只有少数人家，所以镇上茅厕中的大粪也很少，亮子掏了三四个茅厕总算把两大桶装得满满的，亮子高兴地快步往回返，又怕将满满的大粪荡出茅桶外，所以他又小心翼翼地向前行走，等担回第一担大粪时，太阳已经有一竿子高了，老叔已到菜园，见亮子担回满满一担大粪时高兴地说：“好孩子，真了不起，我以为你昨天是为了在我这里居住和我说大话的，原来真的是为了挣钱，你能担回成色这么好的大粪来，说明你从小就热爱劳动，懂得吃苦，是经过锻炼的。”亮子将从小的经历简略地告诉了老叔，又将要去北平找姑妈，想读书的事说给老叔，老叔听了说：“北平，整个华北不平静呀！你怎么能顺利地去呢？”亮子说：“我想挣点钱坐火车去北平。”老叔说：“坐火车去北平那倒是个办法，可去了北平那边日本人这么多，你也不可能读书呀！”亮子说：“我也打听过了，去北平能读书，东北的逃难人中过来的孩子到了北平只要有钱都可以上学的。”老叔说：“那你就在我这里住下，工钱照样给，看看情况在想办法吧！”

说着亮子将两桶大粪倒入另一个发酵池中，老叔领着亮子回到菜棚，先洗漱了，吃了点早饭，休息片刻后亮子又担起大粪桶向集宁镇走去。

集宁县是日本人战领华北、西北的重要地点，街上不时有鬼子的巡逻兵出现，特别是在火车站，各种货物和备战物资堆积如山，劳工们在日本人荷枪实弹下不情愿地为侵略者装卸各种货物，这些物资都是中国劳动人民用汗水创造的，都被日本帝国主义者抢夺利用来征服中国人民。

集宁街面上的商店大多数都关着门，行人也很少，这里充满了战争的火药味。亮子一个人担着粪桶，拿着茅勺串行在大街小巷，忽然遇见两个日本兵，在一个居民院子内抓几只鸡，只听得母鸡发出咯咯的叫声和翅膀拍打的声响，亮子只能忍着怒火，无可奈何地离开了，他的目的是掏粪挣钱。

回到菜园地亮子问大叔说："听说集宁县是个比较繁华的地方，为什么街上行人那么少，连做买卖的商铺都大多数关着门，就是日本人的什么株式会社很多？"

大叔说："你还不清楚，这日本人一来集宁县，就和原来的国民政府不同了，日本人实行的是经济封锁的政策，你不看那什么经济监事署和日本宪兵队。再加上伪警察署，对市场进行干预，严密封锁，咱们这集宁城四面有城墙，进出都有门，守城的都是日本人和伪警察，老百姓出入都得被盘查，如有可疑就会被逮捕入狱，视为嫌疑分子，更主要的是怕物资转运到抗日队伍中去，所以对市面上的行人，物资都要进行详细的检查，如有老百姓到集宁市场上购买点货物、商品之类的东西自用，也都会被扣留，有的没收，因此许多老乡都不敢进城买东西啦。"

"集宁县是口外贸易中心，后大滩大六号、陶林、土牧尔台、商都、丰镇、龙庄、玫瑰营等地的农牧民都来这里出售或购买商品，使这里的各行业繁荣发展。现在老百姓不敢进城买商品，致使各商店经营日渐萧条，各种交易市场、民族用品商店、饭店、小吃部、小作坊等都关门闭市了。

不仅如此，一些还能开业的商店，门市部还经常有便衣特务、警察来敲诈勒索。去年秋季一个日本警务局的特务叫什么乔二的人，身穿便衣来到一个商店，他借口检查商品进行勒索，商号因为不敢得罪他，就给他配了各种衣料共十几件，一个钱也不给就拿走啦，类似这样的情况多的是。

还有日本人和汉奸走狗，说你这里干净，条件好，想住就住，想吃就吃，店掌柜没办法，谁也不敢说个不字，就的那样招待人家。

日寇的经济封锁越来越严，商号们进货不由自己，如去北平或张家口等地进货，大多数被查封或没收。有一次三义成到北平进了八十匹花叱叽，五十捆土白布，半道上被日寇宪兵队全部扣留没收，还说他私通八路，把人也抓起来啦，最后还得托人拉关系找门路把人保回来。所以集宁县的商号们再也不能坚持下去啦，都关门了，反过来，日货倒是多得很。前段时间听说北平人们上街游行，抵制日货。”

亮子在掏大粪的这一段时间里，了解了集宁县目前的一些情况，特别是火车站去往北平的情况。就这样掏大粪有半个月的时间，每日早出晚归，大叔看亮子辛苦，年龄又小，按时给亮子准备好饭菜，同时告诉亮子不要心急，注意身体，每日休息好再去镇上掏大粪，又将亮子所用的大粪桶换成小粪桶。

半个月过去了，亮子掏回大粪一百五十二担，平均每天掏十担多。每担一角钱，共计十五元贰角钱。

亮子说什么也不再住了，一心要去北平找姑妈，火车票钱也够了，他信心十足地要从集宁坐火车到北平。大叔说：“你去也好，不去也好。这年头坐火车也保证不了你的人身安全。你执意要走，我也强留不下，你一要小心注意自己的安危。”将十五元二角钱给了亮子，又给亮子准备了一些干粮，亮子告别了大叔前往集宁火车站准备坐火车去北平。

亮子走后，大叔内心非常不平静，这年头一个孩子家走那么远的路真是少见呀亮子给大叔留下了深刻的印象。他灿烂的笑容和饱尝痛苦的童年，走入生活低谷，仍然不放弃的信念真是不容易呀。大叔暗暗地祝他一路顺风。

第二十六章　被迫招募当矿工

集宁县是通往西北、华北的交通要道之一。日本帝国主义蓄谋侵略中国，必先征服满蒙地区，而在其侵华计划中又以首先占领我国东北和内蒙古作为重要战略步骤，并扶植傀儡和爪牙，策划伪政权，积极备战，以大量掠夺资源为目的，从各地募骗民工，为其侵略计划服务，日本还制定《华北地区开发计划》下达各伪政府，各伪政府必须执行，完成计划任务。如完不成要受到严厉的处罚。

日本关东军操纵德王，在归绥召开“蒙古大会”，把伪蒙古军政府改成“伪蒙古联盟自治政府”，又将“伪蒙古联盟自治政府”“察南自治政府”“晋北自治政府”合并为“蒙古联合政府”，由德王任主席，日本人金井章二任最高顾问。这就是伪蒙疆政权。

日本侵略者利用伪政权对蒙族、汉族人民实行法西斯军事统治，仅在绥远和察哈尔地区就驻有第26师团，骑兵集团和独立混成第二旅团等兵力，特务机关遍布内蒙古大地，日寇在经济上实行残酷掠夺政策，设立“蒙疆银行”，开设了蒙疆公司“大蒙公司”，“蒙疆畜产品股份有限公司”等数十所由日本控制的公司和株式会社。

绥远、察哈尔生产的皮毛、马匹、牛羊、小麦、杂粮等农畜产品和煤、铁、石棉、云母等矿产资源都被大量掠夺，此外，日本侵略者还把绥远、察哈尔地区变为最大的鸦片生产基地，强迫老百姓种植鸦片，一方面通过贩卖鸦片牟取暴利，另一方面则对中国人民推行罪恶的毒化政策，妄图以此来削弱中国人民的抵抗力。

集宁县这个日本侵略者占领的中心，驻扎着大量的日本侵略者和伪蒙古军政人员，开设的公司和株式会社，其目的就是掠夺本地资源。亮子来到火车站，看到货场上到处是民工装运物资的情景，日伪兵在不远处设有许多岗哨。亮子来到候车室，这里的人很少，也显得平静，他想用自己掏大粪挣的钱购买一张去北平的火车票，他向售票厅走去，询问去北平的火车，多少钱一张车票，售票处告诉他到夜间才有去往北平的火车，十一元钱一张。亮子毫不犹豫地购买了一张开往北平的火车票，因火车是夜间的，这里还没有准确时间，亮子只好在候车室等待，他坐在候车室的木条凳子上，等待着火车的到来。他心想，能很快地去往北平见到姑妈，实现自己早已向往的读书梦，那该多好啊。他庆幸自己能坐上火车，徒步行走花费了多少时间，受尽了多少苦难，今天能称心地坐上火车，明天就能到达北平。想到这里他难以平复内心的激动。

突然火车站来了一列闷罐车，从车上下来一伙日伪兵，他们胡乱地吼叫着，将车站里的旅客，大多数是男人，和在车站货场装卸物资的民工们都集中到火车上来，说："有活干，每天高待遇、高工资，想去的都上车，不想去的也要上车。"将火车站内外的大部分人都带上了火车。

亮子正要脱身，可已经太晚了，不等他说什么，所有人都被带上了货车，亮子上了火车，就好像被关起来似的，车厢里黑乎乎的，闷罐车门被人用铁丝反拧着，根本出不去，车厢里空气闷热，挤满了人，人们都互相不认识，也不知道要去什么地方，干什么活，日本人上车时说的话人们都怀疑。突然眼前一片黑，看不见天看不见地，也分不清东南西北，过了一会儿火车开动了，只听见那隆隆的车轮声，那飞快的火车轮就像碾在人们的心上。车门打不开，人们只能在车上大小便，车厢里又臭又热，闷得人喘不过气来。

人们七嘴八舌地嚷着，有的说走的方向不对，有的说受骗上当了，日本人和汉奸能给你好活干吗？有点油水也被他们吃掉了，今天这事情肯定是要吃苦受罪的，有的说卖命去吧，咱中国这些老百姓？这么大个国家都被人家占了，你老百姓能有好日子过呀？不吃苦受罪能做个啥？有好活，有好处能轮着你们？保住命就不错了！

亮子听了这才恍然醒悟，后悔不应该坐火车到北平，挣了几个掏大粪的钱也白买火车票了，想想自己去北平找姑妈这么点事真难哪，早知道还是徒步行走比较保险，又一次上当受骗了。

火车走了约莫一个小时，好像来到一个车站，停下来又带上一些民工来，最后把几节车厢都挤得满满的，火车又开动了，直到天亮。人们坐了一夜，也骂了国民党、汉奸日本人一夜，说尽了苦难和上当受骗的事例，不觉火车停了下来。

下车后人们被押着来到大同矿务局，这才明白原来是要到大同煤矿当矿工，把大家分成几个小组，在一个矿工住所的地方，经过简单的一段训话，又让大家吃了三合面窝头和小米粥饭后，只休息了几十分钟，就被送下煤矿挖煤去啦。

第二十七章　恶劣的矿工劳动残酷的剥削

下井前，大家排着队，在工头和监工的呼喊声中，由荷枪实弹的鬼子岗哨监视着走进罐龙里。

下井后每人发给一个镀灯，井下漆黑伸手不见五指，亮子提着镀灯，可光亮不大，看不清前面的路，加上对道路不熟，突然来到一个陌生的地方，他心情紧张，跟着别人一步一步地向前行进，好像脚下没有根，光靠这锅盖大的一片光亮，摸不着头脑，亮子撒不开腿，脚上穿着那双巴尔斯给的马靴，深一脚，浅一脚，顾了下边，顾不了上边，不是跌跤就是撞头，要不就碰在煤墙上，等到了掌子面上时，亮子全身的衣服都被汗水浸透了，工头叫亮子拉大筐。

亮子一边拉起二百斤重的大煤筐，一边熟悉这井下的环境，原来工作面上运输煤炭，全靠人工用大筐，一筐一筐拉到大巷里，由于地面窄小，人们只能连拖带拉，有时还得爬着才能过得去一些小巷口，所以拉大筐的一般都让小童工干这活。

煤炭拉到大巷内，然后装上小斗车推出大巷，再让马车拉到罐龙口，装上罐龙才能提到地面上，煤道又低又窄，就像耗子洞站着碰头。人们碰过几次后只好猫着腰，有时猫着腰也会刮破脊背，只好嘴里叼着灯，四肢着地爬着拉，一个人拉着二百斤重的大煤筐，在低矮的窑洞里，跪着爬行，用进了浑身的力气，膀子勒出一道道血印，腿、脚、膝、手磨得鲜血直流，第一天被磨破，第二天刚定浆，又被磨破，伤口一着水比刀剜还疼。

干完第一班下矿拉煤的活，回到地面上，大家被分配到工棚里，累得浑身像一摊泥一样，骨肉疼得像挨斧劈一样，亮子累啊，他觉得全身疼，他后悔的是不该想着坐火车去北平。找姑妈和读书的梦想，还怎么能实现得了呢？如此下去连命也难保得住呀！一夜睡不着觉，一直到后半夜刚打了个盹，工头又让起来下井，刺耳的口哨声响个不停。

第二次下井，亮子还是对地里不熟，又不见熟人不认得路，东撞西摸，没有走到掌子面上，折腾了半天，问询工友们，一个拉马车的工友把他送到掌子口，可是已经晚了，查头子一看晚了点，破口大骂："妈的，谁叫你这么晚？到哪里转悠去啦？你知道今儿是什么日子吗？"还没等亮子说什么，冷不防就打了他一板皮，他疼得咬着牙。那查头子冲着大伙镇唬起来："今天是日本皇军的圣战纪念日，得多出煤，出好煤，谁不好好干，谁磨洋工，有他好瞧的！"说着这家伙竟从腰里拔出手枪，冲着煤帮啪啪打了两枪，喊叫着："看见了吧？谁敢捣乱就叫谁吃黑枣。"这个查头子，一时忘记了在井下，腰一挺，脑袋一偏就撞在煤墙上，听得当的一声，只见他打了个趔趄，险些摔倒，这种情况后来才知道是大烟瘾发作，他又咋呼了几句就溜走了。他的这一手法，老工友们早已经领教过多次，他只是一个日本鬼子养的特务走狗。

大同煤矿被日本人占领后，由日本人经营开采，日本侵略中国后为了大量掠夺大同煤矿，开采出的大块煤炭都运回日本国土。由于日本资源缺乏，对大同优质煤炭如获至宝，他们用低廉的价格和强迫的手段，得到大量的资源，所以日本人总想多出煤，包工头想多赚钱，中国工人是无依无靠的，最底层的奴隶。从各个方面都能说明，当局根本不管工人的死活，井下条件非常恶劣，窑下按需要应当每人保持四立方米的风量，可连一立方米都不够，矿工们闷得透不过气来。有的地方支柱被压得东倒西歪，经常塌陷压死矿工，日伪却长期不给修理加固，只有塌陷影响出煤才修理加固，至于安全护体设备，根本就没有去考虑。遇上漏水的工作面，工人头上被水浇着，身子在刺骨冰凉的煤水里泡着，一干就是十几个小时，有时脚都被煤划破了，在水里泡着，时间长了就被泡烂了。有时风力不够，工作面上闷热得喘不过气来，矿工们像在蒸笼里一样，工人在这样的条件下干活，身上连个布丝都挂不住，热得要命，汗水淋漓，只能在脑门上系一道细绳，为的是挡住汗水不要流入眼里，影响干活，在这样恶劣的环境里劳动，常有人热得晕倒在里边。

可日伪当局表示，已经改善了劳动条件，提高了劳动待遇和生活水平等，同时日伪当局还说矿工们出煤少，达不到要求和生产目标，还有的总管和查头子每日延长工作时间，打骂工人，经常找茬处罚工人，克扣工钱。

在这样的劳动环境下干活，亮子一时接受和适应不了，不几日就生病了，可工头根本不让他休息，仍然强迫他下井。这一天亮子带着病，在掌子面用镐头刨煤层，查头子走过来，看见没刨下多少煤来，一把夺过亮子手中的镐头，大骂起来："连一点煤也刨不动，你是成心不好好干活，三顿饭白养活你啦。"说着就要举起板皮打亮子，被在场的工友们拦住了。

有一天，查头子让亮子他们几个一起到头道石门攉煤，这头道石门有五丈多远的煤洞，里边刚放过炮，没有木柱支架，也没人进去检查是否有冒顶的危险，亮子人小又仗着担子大，叫其他几个工友先在外边等着，自己一个人进去打头阵，工友们嘱咐他要多加小心，亮子手拿着铁锹，提着七斤半的镀灯就走进了黑乎乎的煤洞。为了完成攉煤量，他把镀灯放在能照着攉煤的地方，开始用力将一大堆被炮打下来的煤攉出去，就这样，攉了一会儿煤，发觉煤洞顶部有响动，亮子急忙拔腿就往外跑，只听见"轰隆"一声，随着一股黑风一块顶板塌了下来，把亮子压在了下边，亮子突然觉得眼前黑乎乎的什么也看不见，满嘴都被煤尘堵满了，只听得工友们着急地喊叫，过了一会儿工友们冒着生命危险，把亮子从石板下扒出来，侥幸没有死，可头部被砸伤，鲜血直流，工友们都忙着用裹干粮的布子给亮子包扎伤口，可镀灯不见了，被顶板砸压在下面，谁也取不出来。

这时查头子来拉，他用灯光把亮子全身上下照了一遍，说："命还挺大的，这么大的顶板下来居然没有死？"他接着又问，"镀灯呢？"工友们知道镀灯被砸压在顶板下了说："人都要砸死了，你还找镀灯？"可查头子冷笑着说："人是你们的，可这镀灯是矿上的。"工友们发怒了，都没好气地站起来说："你想怎么？"查头子一看工友们那愤怒的表情，慌忙改口说："那你们还是去见见总管吧！公事公办。这个有规定，你们都是知道的。"说着夹着尾巴溜走啦。

矿上有规定，如果交不回镀灯或打破、丢失都要扣工钱的，所以下班后工友们扶着亮子去见总管，走进总管室，总管正坐在太师椅子上抽旱烟，他们进去时他连头也没有抬起来，只是撩了撩他那小红眼皮子，话也没说，总管看上去约五十多岁，整个人耷拉着脑袋，没有笑脸，工友们都知道他办事比蝎子还毒，有手段，腰里掖着一把"刀子秤"，专门一门心思地算计别人，在工友们身上他不知道榨取了多少油水。

亮子先向他说了受伤、丢灯的过程，他沉默了好一会儿，才慢慢地抬起头来，傲慢地说："往后记住，到啥时候也不许丢灯，有人就有灯，人死灯也得在。"亮子气愤地指着自己头上的鲜血说："我的命当时也难保，根本顾不上灯。"总管的两只小红眼突然睁开了，他鼻子一皱说："就你的命值钱？你知道一个镀灯多大价码？"这言语，气得亮子和众工友火冒三丈，大家正要发作，想说些什么，总管又开口了，说："你们知道吗？一个新灯一块二，手续费四角八，净合洋钱一块八毛八。按矿上的规定是要受罚的。"这个时候全矿的工友们都来到总管公事房，室内外站满了人，总管看工友们越来越多，说："看你平素表现老实，这场事故就不追究了。"由于生气，加上伤口流血、疼痛，又累又饿的亮子昏过去啦，工友们把亮子抬回工棚，让亮子好好休息，可只休息了一天又被赶到井下挖煤去啦。

到最后由于这只镀灯亮子还是被扣了工钱。

听老工友讲，那一年在井下挖煤的掌子面上，也是顶板塌下来，一下子就压了八个矿工，其中一个矿工的半个身子露出在外边，日本监工和把头当时在场，他们不是先救人，而是强迫着工友们去救压在掌子边上的气泵和风锤等工具，被压半截身子的矿工大声呼叫："救救我呀！救救我呀！"可日本监工不但不救，反而讨厌和厌烦被压矿工的呼叫声，当时日本监工手拿大刀将这个呼叫的被压在顶板下的半截身子的矿工几刀就砍死了，最后工友们在清理场地时清理出八个矿工的尸体。

日寇对矿区的统治特别严密，矿工们如奴隶般生活在矿区内，矿区周围全用深沟或土墙、铁丝网、电网和无数个碉堡、炮楼封锁着，都是为了防止被抓来的矿工逃跑而建立的，也是防止八路军游击队和反日人士攻击修筑的，如有逃跑者，或越出矿区的就被日本士兵开枪打死。矿区内到处张贴着“莫谈国事”的告示，以此警告那些与共产党有地下活动的矿工们，如有谈论国家大事就会被加上“不良分子”的罪名，不是被逮捕就是被杀害，或者活活地被扔进万人坑中，亮子几次试探着逃跑都不能成功，只好老老实实地下井挖煤，一面谨慎小心地度过每一天，一面了解情况，寻找脱身机会。

有一天，工头叫亮子推煤车，井下的煤车足有千金重，每人一个斗子车，推这种车没有好道路，下坡跑得快，上坡推不上去，日本人铺设道路时不下功夫，从不考虑矿工们的能力。这天亮子上班时只喝了两碗稀菜粥，连干粮也没有，干到后半班，饿得前胸贴着后背，实在一点力气也没有了，一失手煤车落了辙，亮子心急地拉了几次都拉不上来，狗把头老远用灯一照，就骂起来：“你成心不好好干？快给我往上拉！”

亮子一点力气也没有了，这个车真是拉不起来，今天又是白干一天，他咬紧牙，一闭眼睛，使了个猛劲，总算把煤车拉上去啦，可是他再一睁眼只觉得心口发热，头发昏，眼发黑，栽倒在地，就什么也不知道了。后边的工友们赶来，看见此情景急忙把亮子扶起来，呼唤着他的名字，可是狗把头跑过来，轮起板皮就冲着亮子打来，这时一个工友劈手夺过这个把头的板皮，大声喝道：“住手，他还小！”狗把头冷笑着说：“他人小，可耽误多大的事，这阵子煤正多的时候，告诉你少推一趟也不给你记工。”

到后来还是勾掉了亮子一个工，亮子只是在临下班时少推了两趟煤车，这一班就白干了。

又有一天，亮子推着车到煤洞装煤，三个工友准备进煤洞刨煤，听得煤洞里有响动，他们三个人都不敢进去在外边等着，这时查头子来啦，他一看他们三个工友没进煤洞恶狠狠地说：“妈的，你们的小命倒挺值钱，可皇军的军用煤更值钱。给我进去，少出一车煤就处罚你们！”大家听了都很生气，真想和他干一场，可又没办法只好进去煤洞刨煤去了。等亮子装满一车煤推走后，还没返回来就听说煤洞顶板塌下来了，亮子急忙推着斗车赶到时，只见好多工友们都赶来抢救，那三个工友已经被埋在煤石中，可把头却咬牙切齿地说："压住几个人算啥，没见过，先给我出煤，救人可不给工钱！"

工友们听了都急了："豁出工钱不要，我们也得把被压进煤堆里的工友救出来！"

把头见势不好，眼珠一转，又嬉皮笑脸地说："你们救人也好，我给你们出个主意，赶快把车都推进来，一边扒人，一边装煤，先把煤装出去，人也就出来了。"

这明明是不把矿工的生命当一回事。在场的工友们肺都气炸了，都大声喊叫起来："打死他！打死这个日本鬼子的走狗！"好几把铁锹向把头脑袋拍了过去，这个家伙看工友们愤怒的行动被吓跑了，等工友们从煤堆里扒出那三个被埋的工友时，已经死了两个，另一个则被砸折了一条腿。

被抓来下窑的工友们都在专门设立的工棚里居住，包括吃饭和睡觉，这完全是为了防止矿工逃跑便于统治，在经济上更加残酷地压榨工人的血汗钱。

下窑的矿工住的屋子，冬天像冰窖，墙上白花花地结满霜花儿，夏天像猪圈，酸臭味熏得人喘不过气来。每间工棚两铺对面炕，炕上除了几块破席头外，满是砖头块、烂草、煤渣子。夜间睡觉工友们头枕砖头和衣服，哪有什么行李和被褥，本来一间工棚只能住十来个人，可硬要塞进三十来人，挤的连身也翻不了。

吃的就更差得没法说了，菜是发了霉的老咸菜，饭不论是窝头还是粥里尽是砂子、煤屑儿，吃到嘴里不敢嚼。工友们都知道这是包工头专门往里放的。他们怕工人们吃得多，因为工人们吃得多消费就多，导致他们的收入减少，反过来工人们吃得越少，包工头就收入越多。

那真是身下铺的地，头下枕的砖，喝的是泔水，嚼的是黄莲。大家都明白矿上的矿工不如牛马，矿上用的骡子一头是花二百元钱买回来的，而矿工一是抓来的，二是自愿来做矿工的，矿方不用花一分钱，矿方买回一头骡子每天的饲草料钱是四角七分钱，而工人一天的伙食费是二角二分钱，这其中还要克扣，骡马的饲料必须喂上好的高粱黑豆，喂的差骡马不吃又不上膘，而且下井拉煤不好施役，而矿工们吃的是咸菜疙瘩、玉黍面窝头和兴和面窝头，都是由一点高粱，加糠皮、花生皮等混合磨成的，大多是变质发霉了的东西。

有一次，井下一个工友拿了一块窝头喂施役的骡子，可怎么往骡子的嘴里塞它也不吃，这说明窝头是变质的，连牲畜也不吃，难道矿工们就能吃下去？他们吃下去身体能好吗？

矿上死一头骡子，总管就要损失二百元钱，而矿上死一个矿工总管只出一块席子钱，所以矿工有了病，照常得上班，日本鬼子规定只要摸摸脑袋还硬着，气出着就得上班下窑，在此规定的统治下，每天矿工饿死的、累死的、砸死的，成堆地往外拉，有的多半还出着气就被扔到山沟里的万人坑。那山沟几年来扔进的矿工足有万人之多，人们说："工棚里的同胞天天少，万人坑里的尸堆日日高。"

一天和亮子挨着睡觉的一个工友生病了，他叫张生，四十来岁，他完全是又累又饿才生病的。可矿上说他有传染病，怕传染给全矿的矿工，一天半夜，管事的领着几个狗腿子，挟着一张破席头，像一伙恶狼似的闯进来。管事的两眼瞪得鸡蛋大一进门就喊道："张生死生有命，富贵在天，看来你是快见阎王了。看在矿上的面子，今天偿你一块席子，发送发送你。不等这家伙说完，张生挣扎着爬起来说："我……我还能活呀，我不是传染病，这几天是累的。""活个屁！快给好人腾地方。"那个派管说，几个狗腿子立马将张生抬出去，扔进了万人坑中。

据老矿工说："前年一场瘟疫，袭击了整个矿区，大量的民工被活埋或烧死。日本人采取严密的封锁，如有逃跑一律打死，不论男女老幼，不分里外工，全部集中，逐个检查他们的大便。因为矿工们吃的是霉坏的食物，所以大多数患了肠胃病。病轻的被隔离，病重者立刻用铁丝将手脚捆绑起来，定为死罪，拉到火烧厂焚烧掉。火烧厂整整烧了十天十夜，无数的矿工们被活活烧死。即使这样矿区的瘟疫仍然在蔓延着，一时灭不下去，病人大量地增加。这时候日本人下令，将所有带病的矿工全部烧死，以防疫情的蔓延。火烧厂整天浓烟滚滚，血腥味、焦肉味呛人。

"日本人让民工将几十平方米的圆形地块挖出两丈深的锅底坑，上面用石块或砖块垒起通风道，然后将大同块煤垒成圆锅底形，浇上汽油将煤点燃，由于通风好所以火苗四起，炙烧力强，然后将双手双脚被铁丝捆绑的矿工投入火中焚烧，那场面十分惊人。这些矿工大多数是因过度劳累抵抗力差，同时吃了发霉的食物而得病的。日本当局为了减少开支不给医治，所以传染速度快，得病的人数多。

“被捆绑的矿工们被拉到焚烧厂时，有的已经死去，有的虚弱地呻吟着，有的喊叫爹娘的，有的还在大骂日本法西斯狗强盗，有的高喊‘打倒日本帝国主义，中国人民必胜’的口号。”

第二十八章　招募迫害手段

日本帝国主义血腥统治下的大同煤矿，黑沉沉的天空，乌云压顶，风寒似冰。满山遍野到处是日本鬼子的炮楼和密密麻麻的铁丝网。山坡上、山沟里到处是死难矿工的尸体和累累白骨。那一堆堆一根根白骨是中华民族被侵略的烙印，是人们永远不会忘记的伤痛。

凛冽的寒风吹弯了树枝，到处发出鬼哭狼嚎般的声音。在这暗无天日的社会里，矿工们的鲜血染红了矿山每一块土地。

在大同矿区那半山腰一排排又低又破四面透风的工棚，那一层层又小又窄黑暗潮湿的席棚子，就是矿工们每天生活的地方。在那里不知道有多少矿工被鬼子、汉奸榨干了最后一滴血，扔进了万人坑。

夏天外面下大雨，工棚里下小雨，赶上连阴天，漏得满地都是泥水，连站脚的地方都没有，墙皮受了风雨的冲刷露出了土坯，外面的亮光从墙缝间射进来，风也从外面灌进来。

从1937年秋季日寇侵占大同煤矿以来，随着侵略者掠夺性开采，开采规模的扩大和提高产量的要求，劳动力不足越来越严重，特别是到1939年，劳动力不足的问题直接影响到煤矿产量，已经无法达到侵略者计划的目标。

为了最大限度地掠夺大同煤炭资源，完成预定的计划目标，解决劳工不足这一问题，日本鬼子采取两种手法：一是用硬的办法，强行把人们从全国各地抓到矿山；另一种是软的办法，或者把人们骗到矿山，或者是分配名额有计划地在日本占领区实行各家各户按人口分配名额，总之他们用软硬兼施的方法，挖空心思达到他们的目的。

日寇规定，无论用哪种手段，招募满一百人的就可以当把头，月工资80元蒙疆币；招募到三百到五百人的把头月工资四百元蒙疆币，还规定每招一个人，给招工者一定数量的奖金，给被招者一百元安家费，但这些钱很少落到被招者手中，大部分进了招工把头的腰包。

在这样的金钱诱惑下，把头从中看出了巨大的利益，他们去到全国各地，想方设法，利用种种手段，招骗民工，近十万人。

当时有一个矿工叫王春生，他是日本强盗在王春生的家乡清乡扫荡中被抓来的。那天王春生扶着年迈的老母亲和妻子抱着不满两岁的孩子，一家四口人好不容易逃出了村子。房子被日本鬼子烧光了，粮食被日本鬼子汉奸抢光了，这时伪保长又带着鬼子汉奸追上来抓走王春生，当时一家人拼着命和鬼子汉奸相挣扎，凶狠残忍的鬼子打昏了王春生的老母亲，开枪打死了王春生的妻子和儿子，就这样王春生被迫抓到大同煤矿当了劳工。

也有一些人受日本鬼子的驱使，到各地街头巷尾搜寻一些流浪的穷人，特别是那些无家可归的儿童。有的被视为不良分子，随便给你安一个罪名，用一根绳子捆到矿山下窑当矿工。大同煤矿有许多这样的劳工。

他们采用的欺骗办法可谓用心良苦，每到一地招工把头就宣传：“到大同煤矿做工，条件好，下窑安全，矿工生活待遇高，大米、白面随便吃，顿顿有肉，月月发工资。”还说什么，不带家属的给安家费等。

有背井离乡的破产农民和一些小失业者小手工业者，虽然对招工把头的话不完全相信，但是他们在走投无路的情况下，只好抱着拼了性命来大同煤矿试一试的心理。

有一名下窑的矿工叫李清在外逃荒，他听到有人在议论：“到不远的地方修水库，修公路，吃的白面大米，月月还给开工资。”说话间又围上二十多人，当场李清等在内的人就有十几个报了名。

招工把头把骗来的人集中到一个转运点，等招够了百人以后再赶进预前准备的铁路闷罐车里。拉到大同矿区。

1941 年冬天，鬼子从太原把五百名劳工用铁丝捆着手押进闷罐车内，车到大同时就死了一半。

很多幸存者，也就是命大的劳工一来到矿区，还来不及喘口气，就被鬼子汉奸赶到井下，像奴隶一样地挖煤。

他们来到矿区，发现这儿并不是当时招工把头描绘的那样，有吃，有穿，月月发工资，而是一座日寇铁蹄践踏下的人间地狱。

一日，亮子看到在一条矿山的道路上，几十个带着脚撩的劳工，他们被怀疑是地下共产党和抗日劳工，全都光着脚，在荷枪实弹的宪兵枪口下，向着黑咕隆咚的坑口走去，他们每走一步地上就留下一个血印，从他们身上的伤痕看应该是刚被酷刑审讯过的。

第二十九章　工友们的苦难

大同煤矿井下条件差，经常发生事故。同亮子一同挖煤下井的张天明，他的父亲在他十二岁时就死在煤矿里，被投入万人坑。张天明的父亲是因为掌子面冒顶被压在煤石中，等救出来时已经死了。他父亲去世后母亲一下接受不了这个突然的打击，吃不进饭，睡不着觉，每日以泪洗面，结果哭瞎了眼，日子不长也去世了。张天明成了无依无靠的孤儿，吃饭、穿衣都没有人管，到处要饭觉得没有脸皮子，一气之下就去大同煤矿下了窑。

这么多年来他一直在井下干活，到今年已经有二十二岁啦，也成了家，娶了媳妇。

忽有一日，掌子面冒了顶，把他的左腿砸住了，幸亏工友们抢救得快，人没有死可腿被砸折了。

张天明的腿被砸折后，工友们几次与矿总管交涉，费了九牛二虎之力，跑了多处地方，办了好几个手续，过了道道关口才把他送进医院。

送进医院后，工友们想方设法让张天明保住那条被砸断的腿。原来医院也是日本人开的，日本大夫过来随便看了看，只是冷冷地说了两个字“锯掉”就走开了。工友们跟在日本大夫的身后，压着心中的火气。大伙都说：“大夫他家中还有妻子和两个孩子呢。给他接上吧！再说他还年轻如果锯掉就终身残废了，以后怎么能下井给你们挖煤呢？”

日本大夫连头也不回，眼皮也不眨一眨，傲慢地说：“我们的任务是锯，不管接。”然后直接走进了医务室。

有经验的老工友都明白，骨折的人如果要接好，医院和矿上要支出一大笔医疗费，而且还要长期疗养，还得给生活费，又不能下井挖煤，日本当局当然会算这笔账。如果锯掉，矿上就把人开除了，一切了事，与矿上无关，更与医院无关，这样就会给矿上节约大量资金。

张天明腿被锯掉后，没过几天就被矿上开除了，工友们把他抬回家中，他只给妻子和孩子带回一条锯掉的腿，一家人只是抱着痛哭了一场。

从此以后张天明就在炕上养着腿，他妻子生下小女儿还未满月就领着三岁的儿子冒着刺骨的寒风去沿街讨饭去了，未满月的小女儿扔在家中饿得整天哭，可张天明的妻子一点奶水也没有，大人都没有一点吃的孩子哪来的奶水。

孩子饿得止不住地哭。张天明常常把自己的手指塞进小女儿的嘴里，小女儿那软嫩的小嘴，以为是奶头拼命地吸着，张天明的心如同被双手揪着一样难受，这样去哄小女儿时间长了能不哭吗？可他却无能为力。

在工友们的帮助下三个月后，张天明才能下地走路。他拄着一根棍子到一家豆腐房用手摇小磨给东家磨豆腐，想挣几个钱生活。他的妻子已经被拆磨得像个病人一样，娘俩每天去讨饭，几个月的小女儿被扔在家里，没有一点儿吃的，又怕掉下炕只好把她拴在窗户上。

小女儿饿哭在家里，无人去看管她。讨回来的吃的娘俩舍不得吃，尽量给小女儿留着，可是每天又能讨回点什么东西呢？能救活从小一点奶水也见不到的小女儿吗？有一天一个工友给了张天明妻子娘俩一碗面汤，当娘的舍不得自己喝，也舍不得给儿子喝，她只想到自己的小女儿，端着跑了三里路，端回家中想给小女儿喝上几口，谁知进门一看小女儿趴在炕沿上，已经死去了。

孩子那瘦小的尸体饿得只剩下一把皮包骨，张着的小嘴里还含着一些杂物。就这样被活活地饿死了。

他的妻子颤抖着抱起亲生骨肉，说不出话来，无声地哭泣着，她明白是自己无能，连个孩子也养活不了，是张天明下窑把腿砸折了，才使小女儿饿死的，是他们做父母的对不起自己的亲生女儿。

到底是父母无能对不起自己的孩子呢，还是旧社会在帝国主义和旧制度残酷剥削下才使无数的劳动群众被夺去了生命？

第三十章　在地下党组织领导下同日寇汉奸进行斗争

日本帝国主义为了扩大侵略战争，疯狂掠夺大同煤炭资源。他们残酷地推行“以人换煤”的血腥政策，每天用刺刀逼迫着工人冒险采煤。用什么“落垛式”采煤法。这种方法就是不管矿工生命死活的一种方式。只要煤产量高，有多大危险，投入多少矿工对日寇来说都不要紧。

同时日本当局采取威逼的方式，不顾矿工们的实际能力，实行强制采煤，严格控制。当时矿工们都说：“下矿如过鬼门关，鬼子汉奸两边站，工牌、相片、良民证，嘀啦嘟噜挂胸前。提着裤子鞠大躬，稍一迟慢挨脚拳。要瞅那个不顺眼，先灌凉水后要钱，没钱就送宪兵队，十个准有九个完。”这真实反映了当时矿工们的生活情况，被控制下的矿工处境。

敌人为了搜查上下班人和防备工人闹事，特制了一种能自动转动的小门，一次只能通过一个人，走快了不行，走慢了又磕脚后跟。有一天亮子下矿，轮到他进门了，突然两个在门里边站岗的狗汉奸扯住亮子，啪啪就是几个耳光。亮子气愤地质问：“凭啥打人？”这时一个长条脸的日本鬼子走上来，冲着亮子哼哼叽叽地说：“你的过转门子大摇大摆，对皇军的……”他指了下自己扁平鼻子，“大大的不礼貌！”说完，朝两个狗汉奸一斜愣眼。两条恶狗领会了日本人的意思，当时就拧住亮子双手，吆喝道：“快给皇军赔礼。”

亮子气急了，他早已恨透了日本人。这明明是欺负人，骑着脖子梗硬拉屎呀！亮子心想，绝不给他低头赔礼，脑袋掉了不过是碗大个疤，他想想死去的同胞和被害的工友们，今天就是豁出去了，死也不服这个软！

亮子用力甩开两个狗汉奸，冲到那个鬼子跟前，指着他的长条脸，愤愤地说："我们国家的地盘，我自己的脚，我爱咋走就咋走，你管不着！"鬼子气得像疯狗一样扑向亮子。

亮子一个人同这三个狗东西扭打在一起，他被两个汉奸掐住，使他反抗不得，两个汉奸抓住了亮子的头，像鸡捣米似的使劲往地上磕头。磕得亮子左眼眉上被石头擦破流出了血。亮子见了血顿时激起了更大的仇恨，他猛地从地上跳起来准备跟鬼子汉奸拼个你死我活。这时进矿的工友们越来越多，一个个都围上来怒斥鬼子汉奸们的行为，三个狗东西见工友们个个愤怒的样子，便灰溜溜地滚走了。

这时亮子发现一个中年人，黑红脸膛，身材魁梧，在矿工中与众不同，亮子猜想他可能是共产党。

有压迫就有反抗。日本帝国主义在大同煤矿的残酷统治，不但没有使矿工屈服，而且激起了无比的仇恨。工友们逐步认识到，大同煤矿这么大，出煤这么多，都是咱矿工用血汗和生命换来的。由于中国政府软弱无能，大好的河山，丰富的宝藏被日本帝国主义霸占掠夺。他们又将矿工视为牛马，不管死活，强迫矿工多出煤。为了他们侵略利益服务，扩大侵略战争，来屠杀中国人民。出煤越多对中国人民的伤害就越大。所以工友们就想出各种方法少出煤，不出煤，多怠工，来对付鬼子。

矿上的工人，在地下党的领导下，同敌人展开了激烈的斗争。

在井下，他们经常藏在暗处，用矸石煤块砸监管矿工出煤的鬼子们和汉奸。一个外号叫"白麻子"的总管，看我们不顺眼，经常来找我们的毛病，有时组织汉奸把头们故意同矿工们作对，他用尽方法整治工友。矿工们心中都很气愤。一日，放哨的工友看到灯光，听到呼哧呼哧的喘气声知道是白麻子来了，有的工友等他快要爬上掌子面时，顺手将几块矸石狠劲向他砸下去，只听得"哎哟"一声，这家伙顺着斜坡滚了下去。从此他再也不敢一个人来找事啦。

工人们很齐心，口号一传出，说停就停，由一个放哨，其余的工友们坐在一起议论纷纷，传播着解放军打鬼子的胜利消息和解放区土改情况。

但是鬼子还是想方设法多出煤，经常搞什么“努力出煤日”活动。这时地下党组织群众团结起来搞“镐下留情消极怠工活动。”同时各掌子面放出岗哨，暗中监视敌人，鬼子监工来了，假装干一阵，鬼子们一走就待着，还常常制造事故，想方设法破坏机器，使其不能使用，砍断电缆使其不通电，叉煤眼，使其崩不下煤来，放炮时不是多装药，把棚子崩坍，就是少装药放空炮变着法不出煤，拖鬼子后腿。

有一回，日本鬼子又搞“努力出煤日”，矿工们你一言我一语，出主意想办法搞破坏出煤活动。经过大家商量，决定给他个“消极怠工日”。那天矿里到处贴着标语，来到井下。到了掌子面一看，没料到查头子带着四五个打手早就到了掌子上。看来他们是要采取手段了。他们已经明白现在的工人是不会给他们“努力出煤”的，因此派人“催命”来啦。查头子看矿工们都到齐了，讲了许多大道理，什么大日本对矿工们的优厚待遇，改进出煤技术，减轻劳动强度，为矿工着想等，接着开始说对完不成任务的处罚，对努力出煤完成好的给予奖励等。狐假虎威地吓唬了一阵，然后叫几个打手分段把守，监视着矿工出煤。这样一来，大家商量好不出煤的计划就很难实现了。怎么办呢？

这时从掌子面挖出来的煤越来越多，运煤车和手推车忙个不停，这时查头子叫亮子推斗子车。亮子故意慢慢地走，这时拉煤的一辆骡子车从后面追上来，跟在车后的把头一边吆喝赶骡子车的工友，快着走，一边冲着亮子大骂起来：“妈的，你快点，阎王爷把你的魂勾走啦？这阵子煤正多，你磨磨蹭蹭的，耽误了出煤要你的命！”他在后边骂，亮子当耳旁风，还是不紧不慢地推着。

亮子推着煤斗车，忽然发现前面有几个重煤车挡在道口上。他心里想到一个好主意，于是亮子推着小车就跑起来了，这一跑把头也不骂了。骡子车在后边紧紧地追上来，加快了速度。

车越跑越快，亮子推的小斗车眼看就要撞上前面的重煤车了，在这一刹那，亮子用力把车一推，然后撒开双手，嗖的一下把自己的身子抽出来贴在大巷帮子上。只听得咣当一声，两辆车撞到一起翻倒了，后边飞跑的骡子车也没有收住，撞上前面的小斗车，撞得骡子车一下就翻倒在铁道上不动了，把煤车撞得乱七八糟地脱了轨，把大巷都堵死了。

把头号叫着跑过来，抡起板皮就打亮子，亮子劈手夺过板皮，指着他的脑门说："你凭啥打我？你不是叫我快推吗？你瞎指挥，这样陡的道，车又重，惯性那么大，速度如此快，这样谁能收住车？我也是捡了条命。看你再动我一根汗毛我劈了你。"

这时工友们都闻风赶来，为亮子说话。把头儿气得呼呼地喘气，不敢再言语了。

车撞翻了，车道堵死了，骡子也撞断了腿，闹得大半班没有出煤。日本人和资本家的"出煤日"就这样泡汤了。

又有一次，亮子刚上班，看见一群人在一起议论，原来这些人把拉煤罐龙的电源线搞坏了，日本人一时找不出问题所在，整个矿区没了电，井下装满煤的车都堆满了巷道，堵得严严实实。同班的工友告诉亮子说："这是共产党搞的一次停产活动。"亮子心里高兴，觉得浑身是力气。日本鬼子和汉奸们一时急得没了办法，大喊大叫地催工友们腾开道，大多数工友当没听见似的。这时一个查头子从煤车里捡起一块大矸，嘴里不干不净地骂着向我们人群里砸过来，正打在一个工友的手上，砸破了手指头，鲜血直流。亮子急忙帮助包扎伤口，这名工友疼得大声叫起来。查头子们手拿木棍和板皮过来就要打人，工友们都挺身而出，大声喊道："不许欺负人！"把亮子他们护了起来。有的工友也拿起矸石向查头子和打手们打过去，这样一来，双方就像打仗一样，打个不停。只见矸石块像雨点一样猛砸鬼子和汉奸，大家越打越来劲，最后把一群坏蛋赶跑了。

大家出了气，解了恨，大伙高兴地哈哈大笑起来。这时有人说："我们要做好准备，这些家伙决不会罢休的。"

果然不到一会儿工夫，汉奸和走狗气势汹汹地领来矿上的保安警察，扬言要捉拿共产党，捉拿领导闹事的人，可是工友们都站在一起，怒视着这群反动爪牙们。他们根本找不出哪位是共产党，哪个是带头闹事的人。咋唬了一阵，只好灰溜溜地收场了。

矿上的工友同敌人明磨暗斗，越斗越有经验，越斗越有劲头，像这样拖延生产，破坏敌人出煤的事，经常发生。

有一天，几个工友下班正要上井，见井口风泵房里没有人，大家一合计，一个在外望风，两个掏出窑斧走进泵房里就把带动风泵的四根三角带割断了，扔到排水沟里，风泵是供风站风源的，风站没了风，整个矿区就不通风啦。不一会儿只见总管和煤师慌乱成一团，派来了矿警到处搜查，查了几天也没查出个结果来。

还有一次，大家把一号井、二号井到三号井之间的铁管电线给切断了。当时两个井一片漆黑，整个矿区像炸了锅似的，警笛乱响，喊声不断。可是亮子和大多数工友早就到矿外看热闹去了。

八路军游击队经常到矿区活动，有不少工友投奔了解放区，参加了八路军。参加八路军的工友们了解矿区情况，对地形也很熟悉，敌情也了如指掌。同矿区内的工友们经常来往，为的是将矿区内的敌情通报给游击队，还将矿里炸药、雷管等各种物资器材运出来支援八路军打击日本鬼子。

通过地下党组织的宣传教育工作，大多数矿工在思想认识上有了很大的提高，矿工们团结一心。他们都明白，我们受苦受难的矿工总有一天要出头露面当家做主，而且要掌管天下。在这样的思想意识推动下，全矿工友们统一行动，接受地下党组织的领导，整个矿山发生了质的变化。矿山的命运就掌握在矿工们的手里，使日本资本家和一切走狗处于被动，挨打的地步，像日落西山一样，黑暗就在他们的面前。

共产党地下党组织通过宣传党的政策和抗日战场上的形势，使工人们了解在打击日本鬼子的战斗中，工人的游击队的重要性。了解全国解放区各个战线打击日寇的大好形势。

听了这些消息，亮子和工友们非常高兴，亮子也想参加八路军游击队，可他岁数太小，几次申请都未能通过，他觉得去北平的时机快到啦，身边有了共产党，看到了希望，他只觉得今后的道路更光明了，浑身上下热血沸腾，他要设法配合好矿区的斗争活动，要冲出这吃人的魔窟。

这段时间，井下、煤车上、巷道、墙壁上，常常见到这样的标语：打倒日本帝国主义！解放全中国！打倒汉奸走狗！工人阶级要做天下的主人！反对奴役矿工！反对打骂矿工！改善劳动条件！改善矿工生活！中国共产党万岁！有时这些传单甚至撒到包工把头的公事房里去。

看这个形势，就好像井上井下都燃烧着一团火，眼看就要把这侵略者彻底烧掉似的。

矿工们根据地下党组织的安排部署，经常切断电线，使井下照明动力失去作用，有的矿工砸烂电动机，把矿车轴承卸下来，炸毁绞车，烧毁水泵房等，使矿山经常停产，不能正常生产和作业。同时痛打狗汉奸，使鬼子汉奸经常失踪被打死。有一天，一个日本监工硬强迫几个矿工进掌子面挖煤，因为掌子面里刚放过炮，烟气呛得喘不过气来，加上有响动矿工们都怕会冒顶，所以矿工们都不愿进去，十几个矿工还在那里蹲着。那个日本监工走过来啦，大骂起来："让他们很快进去往外攉煤。"可工友们都像没听见似的。日本监工生气大声吼叫起来，可也没有人行动。这可气坏了日本监工，他手拿板皮打起来。这时一个工友从后面用窑斧一斧头将这个日本监工打倒在地，看还没有死，又砸了几斧子。大家看没有被狗汉奸发现，急忙抬进死巷里掩埋了。

直到第二天，日本当局才发现少了一个监工。日本宪兵队和矿伪警察多次下井调查，都没有找到任何线索。因为死巷内是已经放弃开采煤炭的地方，那里面大多数木柱被取走，太危险，冒顶的地方特别多，那里面谁也不敢进去，只有少数几个有经验的老矿工们才敢进去。矿警和宪兵队的更是谁也不敢进去，所以日本监工失踪的事就不了了之。

还有的鬼子被工友们码在煤垛里，用罐轮提到井上直接倒入火车箱里拉走了，有的鬼子被困起来或捆绑起来放在放炮的掌子面里，等一放炮就被崩死了。

矿工们不定期配合游击队，夜袭鬼子的弹药库，破坏运输线，炸桥梁。使鬼子不能正常运煤，到1945年抗日的烈火已烧到全国各地，受其影响，大同矿工们的武装反抗力量不断壮大，被日本侵略者那野兽百般蹂躏和践踏的矿工们，听到要解放，还要做国家的主人，矿工们含着喜悦和激动的泪水，用各种方式破坏正常出煤，以迎接全国抗日的胜利到来。

看吧！打日本鬼子和汉奸、揍把头的事件在矿区内经常发生，人们的思想认识都发生了深刻的变化。在全国抗日浪潮的推动下，在中国共产党抗日统一战线的感召下，地下党组织发动矿工，开展全矿总罢工的时刻就要到来啦。

1945在春草发芽的季节，大同矿山全体矿工掀起了一场声势浩大的罢工运动。这次罢工斗争是已经酝酿了很久，准备比较充分，有一定预见性的一次罢工斗争。

这天中午过后，井下井上的工人立即开始停止生产，人群呼啦啦地涌出矿区，奔向场区。整个矿区的工人们就像遇到了什么喜事一样，一个个精神抖擞地从四面八方赶来，不一会儿场区里人山人海，连窗户、窗台上、屋顶上都坐满了人。人们议论纷纷地你一言我一语说个不停。可是再一看矿区里，井架上的天轮不转了，机器不响了，大烟囱也不冒烟了，整个矿山像死一样的静。

上午八时，工人们都到齐了，为了有力地同敌人进行斗争，使罢工取得胜利，工人们成立了罢工委员会，组织了负责联络的交通队和维护秩序的纠察队，还挑选了四百名身强力壮的小伙子，组成了敢死队，专门对付敌人的武力镇压。

同时号召全体矿工，坚守矿山，保护矿区，以防日本侵略者的破坏活动，因为矿山是中国人民的煤矿资源。只有保护好资源，才能为今后取得胜利打下基础。同时全体矿工是矿山的主人，我们不逃跑，不放弃矿山是为了迎接打败日本侵略者那一天的到来。

日本当局和煤矿资本家一见工人起来罢工，便指使那些走狗和包工头们立即将矿工食堂停了伙，不给工人饭吃，他们想用这种方法来威胁矿工，以期得到恢复上工的目的，并且狂妄地叫嚣：“不用怕这些窑花子们，饿不了几天，都得乖乖地复工去。”

可是这回他们全都想错了，工人们这次罢工，有党的领导，有安源煤矿罢工胜利的经验。经过多方协商协调，人们的决心和信心非常的大，做了最全面的考虑和准备，下午工人代表宣布了罢工的纪律：要统一思想，统一行动，一切行动由罢工委员会指挥，同时宣布了向矿方提出的条件。

大会越开越热烈，每个纠察队员发给一把窑斧，一个红色臂章。人们统一喊着口号，一个个威风凛凛，表现出大无畏的精神气概。

亮子成了一个工人纠察队员，他带着红色臂章，在人群中活动。一些工人们兴奋地对他说："这可太好啦！再不罢工，咱们就活不下去了呀！"有人惊喜地问："你也当上了纠察队员了？这回可得把日本鬼子，汉奸，包工把头狠狠地教训教训！"也有人问："这回罢工能胜利吗？日本鬼子和包工把头能把好处让给矿工们吗？"

亮子回答说："这回罢工是全矿一个令，声势特别大，不取得胜利决不复工。"也有人小声说："听说啊，这里头有共产党领导！"亮子那消瘦的脸上，闪现出了异常兴奋的神采。

敌人停了伙食。以此阻止工人的罢工斗争。在党的领导下，各地为这次罢工募捐了大批款物。罢工委员会及时在矿区设了粥棚，凡是罢工的矿工和有关家属、困难群众都可到这里吃饭。

当人们捧起那吃饭的碗筷时，许多人禁不住流下了激动的眼泪。这能是普普通通的一碗饭吗？不是！这里饱含着党对矿工的多少温暖与关怀，寄托着矿工的多少深情与中华民族的厚望啊！共产党为了挽救国家，解放受苦受难的人民发动了这次罢工斗争。是对帝国主义和一切反动派的一次沉重的打击。

敌人妄图用断食破坏罢工斗争的阴谋，不但没有得逞，反而如同火上浇油，激发了广大矿工罢工的积极性，使罢工的怒火越烧越旺了，这时日本资本家坐不住了，耍起两面派手法，一手贴出许愿布告，诱骗工人复工；一手拿枪同反动者暗中加紧策划，妄想动用武力血腥镇压工人。

地下党组织和工人们一眼看穿了敌人的鬼把戏，一致表示，金钱骗不了，武力压不倒，不达到目的誓死不复工。

罢工委员决定举行大游行。

上午十点多钟，晴空万里，游行的工人大队从矿区出发了。工人代表高举红旗，矿工们个个手持棍棒窑斧等工具，一拉溜排开。工人纠察队带着臂章，手拿斧头走在队伍两旁。浩浩荡荡的矿工队伍，如同洪涛巨流，涌向街头，奔腾向前，那愤怒的口号声响彻云霄；那雄健的步伐，震撼着大地和矿山的每个角落。

工人队伍的游行方向是向着矿务局进发，路上的观众和看热闹的人群给予了很大的支持，他们都是中华儿女，都是被帝国主义奴役下的贫民。他们支持罢工斗争就是打击日本侵略者。

这次游行活动是对矿务当局的一次有力的打击，也再一次表明矿工们罢工的决心，同时向矿方再次提出罢工的目的是对日本资本家血腥镇压矿工阴谋活动想法的有力遏制，迫使矿方接受罢工队伍提出的各项要求。

当工人队伍开到矿务局门前时，矿井队早已把大门紧闭起来。他们荷枪实弹，如临大敌，妄图阻止罢工队伍进入矿务局。这时的工人队伍什么力量也阻挡不住，刀山火海也不怕。他们就如同奔腾咆哮的黄河，势不可挡。

工人队伍冲进了矿务局，包围了公事房，一部分纠察队分散开来，把守各个地方和重要的房屋地段，防止意外事故的发生。

亮子他们几个纠察队员占领了锅炉房的时候，忽然从里边钻出一个灰不溜秋的人来，那狼狈的样子真像一条丧家之犬。人们立即把他围起来，细一看原来是一个日本电机师。这家伙依仗他们在矿上的特权和日本主子，平常在工人们面前作威作福，今天见手持大斧的工人纠察队，都吓得直哆嗦，大家问他在这里干什么？他结结巴巴说不出话来，矿工们大喝道："你想干什么？老实说？不说就宰了你！"那家伙操着半生不熟的中国话说了半天，大家才明白。原来全矿罢工后，锅炉没有人烧了，眼看就要灭火了。总矿师急得没有办法。就临时抓了他来烧锅炉。这家伙没有烧过只会填煤，不会清理炉底，使火烧不起来。他瞎捅瞎钩了一夜，累得满头大汗，弄得全是炉灰。最后锅炉还是灭了火，他越烧火越小，大家看着他那一瘸一拐溜走的样子，禁不住哈哈大笑起来。

工人队伍已经占领了矿务局，掌握了斗争的主动权，利用各种方式，展开一次又一次的斗争。

根据情报，日本鬼子调动不少军队开来矿区，准备血腥镇压罢工队伍。

矿工们一听敌人用武力镇压罢工斗争时，大伙团结统一行动，决心与敌人作坚决的斗争，特别是敢死队成员人人发出钢铁般的誓言，坚决跟敌人血战到底。同时党组织预先做好了最坏的打算，同八路军游击队共同做好计划，准备里应外合，在最困难的时候给予日本鬼子沉重的打击，以确保矿工斗争取得决定性胜利。

另一方面日本鬼子也根据全国抗战形势的变化，做出了以谈判为主解决矿工罢工问题的计划。双方各派代表进行谈判。

本次大罢工经过十几天的斗争，粉碎了敌人各种阴谋诡计终于使矿方答应了罢工委员提出的所有条件，使罢工斗争取得了最后的胜利。亮子同工友们一起，庆祝这难得的罢工胜利。

第三十一章　逃出矿区

罢工终于取得了胜利，日本矿务当局答应矿工委员会提出的全部条件，一是提高并补发工资；二是承认已建立的工会组织；三是减少矿工的劳动强度，由原来的两班制改为三班制，同时不准打骂和处罚矿工。

罢工后恢复生产，亮子已无心继续在矿上干活，他一心要离开煤矿去北平找姑妈。

虽说罢工后矿工们的生活、工作上有了一定的改善，但“内工”仍然被控制，以防逃跑，不能随意出入，人身自由仍然被剥夺。

一日那位张叔叔告诉亮子：已做好了让他逃出矿区的一切准备。并再三叮嘱他逃跑时的注意事项和跑出去的一应安排。

这是一个秋季的夜晚，一片漆黑。亮子躺在工棚里睡不着，一直等到后半夜，他悄悄走出工棚，往矿区的西边爬去，到那里与另一位矿工相会。原来与他相会的是被打伤手指的那位工友，二人一同顺着低矮的煤堆往西低着头，弯着腰，小心地前进，生怕惊动了敌人。突然炮楼上的探照灯一晃一晃地向他俩照过来，接着就是叭叭几声枪响，紧接着炮楼上的鬼子和伪兵像狗一样地号叫起来：“抓逃跑的矿工！抓住他！”“啊坏了，敌人发现了我们？”亮子和那位工友同时说，而且迅速趴了下来，一动也不动可等了一会儿，探照灯照了几次也不照了，枪声也不响了。这说明鬼子没有发现他，他们是在虚张声势，瞎咋唬。

爬，继续往前面爬。

他们一直爬到铁丝网前仔细观察，发现铁丝网绷得又紧又密，只能翻越，亮子爬到一根木桩上，让那位工友蹬着自己的肩膀，猛力翻了过去。然后亮子一脚蹬住木桩半截向上爬，结果又滑了下来，第二次又使尽了力气，艰难地爬上木桩，翻了过去。

就在亮子爬上木桩向外逃跑的时候，炮楼上的鬼子发现了他们。当时只听得枪声大作，探照灯刷刷地扫过来。鬼子兵营里哨子声和炮楼上的枪声、喊叫声，还有摩托车声乱成一团。

这时亮子他们二人如出笼的飞鸟进入一道壕沟，向西南方向猛跑，一口气就到了土墙下。土墙是矿区的第二道防线，出了第二道防线如果不被抓住就算逃跑成功。

翻过土墙，他们二人又跑了一段路程，不见后面有追赶的动静。他们的心这才放下了许多，两个人上气不接下气，躺卧在地下，只喘了几口气就向大同西街奔去。

二人这才敢大声地交谈了。原来这位工友姓白，家住在察哈尔省宣化镇洋河南村。也是去年被抓来到大同煤矿当矿工的，今年 14 岁。他们俩没有歇息多少时间，急忙向张叔叔交代的地点洗衣店赶去。

洗衣店在离矿山不远的大同西街，是专门为矿区的包工头、矿警和日本走狗汉奸们洗衣设立的，也是为“外矿工”兄弟服务的。这里也是共产党地下组织活动隐身的地方。

亮子他们二人来到洗衣店，找见宋叔叔。宋叔叔把他们带到后院，他俩洗了脸，换过衣服和鞋帽，将早已准备好的火车票、良民证分别交给了他俩。临行前每人给了两个小米窝头，并交待了几句话，就让他们两个急匆匆地向大同火车站跑去，顺利地上了火车。

火车开出杂乱的大同市区，向着北平的方向飞驰着。穿过丘陵，越过高山，眼前是大片的平原和可爱的庄稼，祖国如此美好的地方，岂允日寇如此地践踏和蹂躏？有多少中国人被杀戮……

火车飞一般地向前，这时亮子才看清白工友右手指被打坏的样子。自他的右指从那日被查头子用矸石块打断了一个指头，他疼痛得好几日也不见好，多亏了张叔叔他们的帮助，给他找来些药，吃了后才好起来。到现在这个食指变成了弓形的样子，直也直不回来，这根手指已经残废了。亮子和他交谈后才明白，白工友去年独自一个人来到宣化镇大街上出售自己家种的葡萄，被日本鬼子和汉奸抓到大同煤矿当矿工。直至今天他家中父母亲和年老的爷爷还不知道他的下落。他是家中唯一的孩子。这不就快一年啦，他心里一直着急，想方设法逃出去，可没有一点办法。还是地下党组织在了解了他的情况后，给了他帮助，直到今日才脱离虎口。坐上了回家的火车，他是多么想念自己的亲人呀！他们两人对共产党在内心深处怀着深厚的情感，眼看着就要与家人团聚，心中都是无比兴奋。

宣化站快要到啦！亮子和白工友就要分别了，他们俩有说不完的话，道不完的事，真是难舍难别的样子，各自流下了眼泪。白工友请亮子下车到他家看看。亮子说那可不行，我拿的是去北平的车票，哪能和你一起下车呢？说着两人拥抱在一起，许久没有分开。

白工友对亮子说："我们是同病相怜的两个孩子，希望你有机会一定来宣化洋河南村找我。"

宣化站到了，亮子与白工友就这样分别了。火车继续向东行驶，亮子一个人静静地深思起来，想起那苦难的矿工生活，两行热泪不知不觉中从眼角流下来。

千里之行始于足下。亮子一个人又开始了新的征程，他一边想，一边看着车窗外那广阔的原野。火车咣当咣当地向前奔驶着，好像用尽了力气也走不到尽头。亮子已经一夜没有睡觉了，困得睡着了。直到火车开进了北平站时他才醒来，下了车。

第三十二章　到达北平

亮子走出火车站，到了一个陌生的地方。他大步走在北平的街头，心情好似雨后初晴，神清气爽。北平真大，亮子不知道该上哪儿找自己的姑妈。他一个人走在街头观看这里的一切。那清砖碧瓦，宽阔的马路望不到尽头，高大的前门人来人往。亮子心里乐滋滋的。

他突然想到，张叔叔要他去“兴源永”商号找梁叔叔。他见人便问：“兴源永商号在哪里？”可是北京多数人听不懂他的口音。

亮子一直走，忽然看见一位老爷爷赶着一辆送水车走过来。亮子上前问：“老爷爷，去兴源永商号怎么走？”老爷爷也听不懂：“什么？”亮子认真地说：“兴源永商号。”老爷爷告诉他说：“在前面。我就是给兴源永商家送水的。”亮子高兴地说：“谢谢爷爷！”老爷爷又问亮子说：“你找兴源永商号有事吗？”亮子回答：“我去找梁叔叔。”老爷爷说：“梁老板？”亮子说：“是梁老板，不过我也不认识。”老爷爷说：“你不认识梁老板”？亮子说：“不认识，我有话告诉他，有人给他捎话来啦。”老爷爷说：“那好吧！”

亮子同老爷爷的送水车，一直来到兴源永商号，走进了后院。

兴源永商号在东单大街，有十几间门面。亮子这时也不急着找梁叔叔，而是同老爷爷一起将一车水一桶一桶地提到水箱里。老爷爷说：“你快找梁叔叔去吧！这水我慢慢地自己提就是了。”可亮子说：“爷爷我帮您提完水，再找梁叔叔也不迟。”等提完了一车水，亮子才一个人去老板账房找梁叔叔。有人告诉他说：“梁老板出去办事去啦，他很忙。也不知道什么时候回来，你有事找他？”亮子说是的。可等了好久也不见梁叔叔回来。

于是亮子开始到兴源永饭馆里帮助干杂活。他看见一位年龄同他差不多的小伙子，在洗盘碗碟筷，手忙脚乱。他开始帮起小伙子的忙。

就这样亮子在餐馆一直干活干到晚餐后。他将餐馆用过的各种餐具，各盆盘碗碟筷清洗得干干净净，桌椅擦得明明亮亮，地面清扫得一干二净。

到了晚上，亮子同梁叔叔见了面，亮子将张叔叔嘱咐的话告诉了梁叔叔。梁叔叔已经听了餐馆的那位掌柜的汇报了亮子的情况，他决定让亮子先在饭馆干活，居住在工友宿舍里。亮子就这样暂时安顿了下来。

第二日亮子按时上班，精心做好每一件事情，他的心稳定了许多。他想在这里干活有个吃住的地方，然后再设法找自己的姑妈。

转眼间，亮子来到兴源永商号快一个月了，每天除辛勤工作外，也了解和学习了不少商号的事情。

本商号三掌柜杜经理，不仅其他业务水平高，而且珠算方面有独特之处，善于计算各种数字。他每到收门下班后，吃过晚饭就组织各位徒工讲解打算盘的各种方法，引导徒工们提高珠算水平和实际能力为商号服务，同时也避免各徒工闲暇时外出发生意外或学坏。

到了晚上收工以后，记账先生在结当日的销售流水账时，会一笔笔地念，徒工们用算盘一笔笔地打，打得快的先报出数字，众徒工核对。如果开始报数的报对了，大家就随着说一声“对”，如果有疑义，其他人就报出他所算出的数字，再重新打一遍，直至都说对才算正确。

这样实际上是锻炼了每个徒工的算盘水平，也是珠算比赛的一项活动，长久下去，每个徒工的珠算拨打能力都会提高。

亮子开始跟着看，学着打，慢慢地懂了许多打法，他干什么都不甘落后，加上以前的基础，在这里的实际锻炼，珠算水平没几天就有了很大的提高。

结账以后，商号专门让徒工们学习文化，让大家用白麻纸学习写纺，商号里有专门的教师来指导文化课程和学习讲解。有一位叫赵登科的大师兄，他在各方面文化知识都比较高，书写毛笔字又好。他实际上是担任了各徒工的学习文化教师，指导和帮助愿意学习各科文化的徒工们。亮子利用这一机会，将北平小学各课程都补习了一遍。

亮子在兴源永商号边学习，边做学徒，各方面素质有了很大的提高。加之过去也曾在皮革店学过徒，受过严格的要求，待人接物有规矩；站有站相，坐有坐相，态度要和蔼，服务要热情，尤其要忠实可靠，办事勤快，对人温和，不高言等礼教，完全适应兴源永商号。

第三十三章　找见了姑妈走进了学校

亮子自从来到北平兴源永商号，一直想方设法找自己的姑妈，多方打听，可没有一点消息。拉水爷爷告诉他说："以前我曾经见过一个陕西口音的女人卖包子，约有四十岁，后来就不见了。是不是由于生活所迫离开了北平呢？北平这么大，她不一定到别的地方居住了。"他还告诉亮子不要急慢慢找，如果她还在北平一定能找到的。

有一日早上，拉水爷爷又遇见了那位卖包子的女人，手提竹篮里面用白毛巾盖着热气腾腾的包子，在街头带着陕西口音高声叫卖。

拉水爷爷心想一定是亮子的姑妈，紧走几步说："我买两个包子。"等走近跟前便问，"你是陕西人？"卖包子的女人说："是的。"拉水爷爷又问："是陕西兴平的吧？"卖包子的女人有点惊奇地回答说："是呀。"拉水爷爷又问："你有个哥和嫂八年前逃荒去了内蒙古，还带了两个儿子？"卖包子的女人回答说："是呀！您是怎么知道的呢？"拉水爷爷又问："你的二侄儿叫亮子？"卖包子的女人心急忙问："您是怎么知道的，他在哪里？"拉水爷爷告诉她说："他一个月前就来到了兴源永商号饭馆干活，他一直在找你但没找到，现在他吃住都在那里。"卖包子的女人听了有点不敢相信，紧接着问："大叔这是真的吗？他叫亮子吗？他如果真是亮子今年有十三岁啦，一个孩子怎么能来北平呢？那他的父母呢？"送水爷爷说："这是真的，就他一个人来的，在兴源永商号饭馆干活呢。"卖包子的女人说：“谢谢大叔。”顺手给了大叔两个包子钱也不要，就向兴源永商号跑去。

兴源永商行餐馆里，早餐时间已过。员工们刚清理洗刷了盘碟，擦干净了桌椅，准备迎接午餐的客人。

这时忽听得有人在前堂高声叫：“亮子……亮子，你在哪里？”开始亮子还发愣，没听出姑妈的叫声，便起步来到前堂观看。

只见一位四十岁上下，身着粗布衣服，手提竹篮的妇女，站在前堂边叫着“亮子”的名字，双目边向四处观望。

这时亮子已来到姑妈身前，他迷迷糊糊地认不清姑妈的脸庞儿，只是静静地观看，同五岁时记忆中姑妈的面容仍有一些相似，便顺口叫了声“姑妈”！姑妈看见眼前的亮子，认出了是自己的侄儿。纵然是相别八年，但亮子的长相和声音依然能分辨出来。亮子便猛扑向姑妈怀中，姑妈也同时抱紧了亮子，二人痛哭起来。亮子说：“姑妈，我可找到你啦？您是怎么知道我在这里的呢？是拉水爷爷告诉您的吧？”姑妈说：“是的。”接着姑妈又问：“你来北平一个月啦？你是怎么来北平的？怎么在这里干活？”亮子回答说：“我是来找您的……”

姑妈又问：“你一个人来这里，你的爸妈呢？你哥大亮呢？他们在哪里？”亮子将姑妈让到一处雅室，告诉姑妈说：“他们……他们……都不在人世了。”

姑妈说：“怎么啦？怎么啦？他们都怎么啦”？

亮子哭着说：“姑妈，他们都去世啦！”

于是亮子又将家里的变故，父母、哥嫂去世的经过向姑妈讲述了一遍。话未说完，姑妈就将亮子拥在了怀里，边哭边说着：“我可怜的哥嫂，我可怜的侄儿。我可怜的亮子……”

平静了一下情绪，姑妈说：“亮子真是长大了，今天见到你，姑妈很高兴。快跟姑妈回家去吧，让姑妈好好和你说说话。”亮子和掌柜的请了假，一同与姑妈走出了兴源永餐馆。

姑妈同亮子一边走一边说着话。亮子找见自己的姑妈心中十分高兴。可亮子的姑妈心中十分沉重，他失去了哥嫂和一个侄儿，对于她来说那是痛苦的，难以接受的现实。她忍着痛苦在叫卖篮子里的包子。

亮子同姑妈东行西折，走进胡同来到一处低矮的房子，这就是姑妈在北平居住的地方。房子是一个只有八尺左右的屋子，地面上打着铺，除去地铺外，更没有多余的地方，还置放了一些杂物。屋外有一个火炉子，可用蒸包子。只见姑父在睡觉，姑妈叫醒姑父与亮子相见。原来姑父昨夜一个晚上都在装运货物，天亮才回来。

姑父见了亮子，抓着他的双手说："真是亮子呀！你是怎么来到北平的呢？"问长问短，问起亮子父母和哥去世的事，一家人痛哭了一场。姑父深切地说："亮子长大了，有勇气能从内蒙古大草原来到北平真是了不起呀！如果你不来找我们，叫我们怎样能够找见你呢？"

原来姑妈和姑父在陕西老家生活不下去了。耕种了二亩土地因干旱未出苗又要交租和税，眼看无法生活下去，只好外出逃荒，经多方乞讨后来到北平，开始只能流落街头。姑父身强力壮，找些临时活干。后来姑父专给货栈装运货物，挣了些钱维持生活，逐渐适应了北平生活，寻找了落脚点，租上了这间房子。姑妈才开始卖包子。

由于日本侵略者的统治，北平市民生活水平直线下降，大多数市民家都闹饥荒。做包子用的白面和肉菜紧缺，人们三天两头排队，有时候排几天的队也买不上二斤白面，市场上主要供给是"三和面""共和面"。一个时期以来北京卖烧饼的停了工，点心铺停了炉，卖粥的，卖汆面饺子的，卖馄饨的……都歇了工，所以卖包子更没有固定的时间，不可能天天卖包子，有面粉和肉芹菜才能做出包子来，才能上街叫卖。

亮子与姑妈、姑父详谈了一天，各自叙述受苦受难的往事。说到伤心处便与姑妈抱头痛哭起来。万幸的是亮子能来到姑妈姑父身边，唯一的亲人相见实属不易呀！

说到兴源永餐馆干活的事，亮子仍然不放弃，他说："梁老板和那么多的兄弟都对我很好，我也难得找到这么好的地方，我要长期在这里干活，可又想读书。"姑妈和姑父更愿意让他在北平读书，可在兴源永干活的事就有些看不准了，既然要读书，又怎能干活呢？兴源永的梁叔叔能同意吗？亮子又想读书，又不想离开兴源永这个干活的地方。因为姑妈住在一个很小的地方，也不便和他们在一起居住，姑妈和姑父身边也没有孩子，亮子又是他们唯一的亲人，姑妈和姑父这几年在北平总算稳定了下来，两个人都没进过学校，牛头大的字一个也不识，让亮子读书他们是十分开心的。

姑妈给亮子换洗了衣服，穿上了新鞋，到第二日姑妈同亮子去见了梁老板，就亮子想读书的事同梁老板商量。梁老板早已了解亮子的情况，亮子同他姑妈来主动提出亮子读书和居住的事，便说："亮子想读书是件好事情，他那么辛苦来到北平就是为了读书。让他读书离开兴源永我也不乐意，我们也舍不得让他离开。再说你们也付不起学杂费。肯定是有困难的。所以我看亮子还是先吃住在兴源永，他在课余时间能给兴源永干点什么活都可以。能干多少干多少。不过还是以学习为主。今天我去东单中学给他报个名，学杂费我先给垫上，先让亮子把书念上，以后的事情就好办了。"

亮子和姑妈听了非常惊喜和感动说："太感谢梁经理啦！"亮子姑妈急忙从身上拿出五元大洋来说："这点钱先给亮子做学杂费，我现在只能拿这点钱，以后欠多少我一定给慢慢补上。"梁老板说什么也不收，说："亮子是个好孩子，一个多月来在我们这里干活，没有一个说他差劲的，上下人都说他的好处。我们也难得有这样的员工。所以他在这里以后我想会做得更好。他这点学杂费我们兴源永商号会垫付的，你们就放心吧！现在就这样决定了，我还有事，回头给亮子报个名让他早早入学。"

就这样亮子顺利地在北平走进了学校，又开始了新的读书生活，终于圆了他能继续读书的梦。

第三十四章　北平的生活

亮子进北平东单中学读书，他一个外地来的孩子，加上原来的基础就差，一时很吃力跟不上课程要求。他知道这学习机会难得，决心发奋努力学习。

在很短的时间内，亮子的成绩就名列前几位。

亮子每日安心上课，放学后除复习功课外，在兴源永照常干活，他把兴源永当自己的家一样，一有空他就在餐馆里干活。除此之外对院内屋外的地方，该打扫的都打扫得干干净净，该置放的东西整理得有条有序，把玻璃、桌椅擦得一干二净，别人的事当作自己的事干。凡是能干了的事就一定能干好，深得人们的喜爱。

日本人就要投降了，一日梁叔叔让亮子从集体宿舍搬到兴源永的一个僻静的院子里，这是梁叔叔办公和私居的地点，一般人员都不能随便进入，院子不太宽大，只有几间正屋和门口一间小屋，正屋是梁叔叔办工和会客的地方。亮子搬进了门口的小屋里，梁叔叔说："你读书复习功课这里安静，在集体宿舍不利于学习。这里是我办公的地方，我经常要同一些人谈生意，你只管这里的卫生和提些开水来。有人来时只要说'找梁经理谈点货款事宜'的，就给他开门。要特别注意观察陌生人的到来，有情况时要向我汇报。"亮子明白梁叔叔负责地下党北平支部的工作。这时北平的工作比什么时候都重要。他把亮子放到自己的身边，是对亮子学习上的关心，也是对他政治上的信任。这样他在梁老板办公室中可以了解北平及整个中国的有关情况。他每天可以看到各大报纸和往来的信件，因为这些信件的收发都要经过亮子的手。

亮子第一眼看到毛泽东发表《对日寇的最后一战》。

日本帝国主义无条件投降了。只见大量的日本侵略者撤离北平，也有全国各地的汉奸走狗来到北平藏身，因为日本人倒台了，这些汉奸走狗一时没了主子走投无路。还有国民军进驻北平，接收北平的防务。

这时的北平乱作一团，人心惶惶。为了争取和平，北平地下党组织学生市民上街游行，要求和平反对内战，亮子也同全校师生参加了游行活动。

这时的梁老板更加忙了，他的办公室有时整夜都亮着灯，地下党组织经常在这里接头开会，贯彻中共中央有关开展地下工作的方针政策，落实任务。北平地下党组织号召广大群众团结在中国共产党的周围，准备粉碎国民党的进攻，北平万余名青年参军上前线，十万余民兵积极支前。

马歇尔到上海与周恩来会晤，周恩来答复马歇尔称："只要国民党军队停止进攻张家口，并撤回原来驻地，共产党即同意参加五人会议或政协综合小组会议。"

到1948年春天中国共产党领导的人民解放军已经在全国各个根据地取得了很大的胜利。

到1948年底，北平城里已隐隐听到了炮声，市内人心惶惶。

1949年2月3日，北平和平解放。北平市民学生欢迎解放军入城。

亮子与同学们参加完欢迎解放军入城仪式后，精神焕发，心情欢畅地和同学们一起回到学校，高兴地说："北平解放了，人民要翻身了。"他们在校园里高呼着，欢唱着……

从此北平各项活动都向正常的方向发展。北平各界群众接受解放军的进驻，工厂开工了，学校也恢复了正常的教学工作，学生们坐在教室里安心学习。

亮子与同学课余时间参加北平的基本建设，清理卫生，清除河道，植树造林等各项义务劳动。他已经在中学读书满五年啦。各门功课都很优秀，深受师生的好评。

中华人民共和国成立了，这天，全校师生身穿节日的服盛来到天安门广场，接受毛主席的检阅。北京的大街小巷焕然一新，人们喜气洋洋。

天安门前人山人海，成了花和红旗的海洋，人们高呼着：中国共产党万岁！中华人民共和国万岁！

亮子亲眼目睹了这一切，经历了这一难得的时刻，他亲耳聆听毛主席站在天安门城楼上宣布："中华人民共和国中央人民政府今天成立了！中国人民从此站起来啦！。"

第三十五章 赴朝参战回国后主动要求支边

1950 年秋季，亮子以优异的成绩在北京高中毕业，完成了他的高中学习。这时美帝国主义发动了朝鲜战争。我国的社会主义建设和国家安全受到了严重的威胁。

1950 年 10 月 19 日，中国人民志愿军先头部队跨过鸭绿江，开赴朝鲜战场。“打倒美帝国主义，保家卫国，到祖国最需要的地方去”。抗美援朝是当前最紧迫的任务。许多热血青年报名参军参加到抗美援朝的队伍中。

亮子也同学校的同学们报名参了军，投入到抗美援朝的行列中，跨过了鸭绿江，奔赴朝鲜战场。亮子同广大指战员一起，英勇打击敌人，取得了一次又一次的胜利。虽然当时受条件所限，战士们吃不饱，穿不暖，但抗击侵略者的决心和意志不下降。朝鲜的冬天是寒冷的，但志愿军打击美帝国主义的热情没有冷，保卫祖国的决心没有冷，因为在他们的身后屹立着伟大祖国和千千万万站起来的中国人民。

在战斗中，多次完成任务受到嘉奖的亮子申请加入了中国共产党！

经过近三年的战争，中国人民志愿军取得了伟大的胜利，促使美帝国主义不得不在谈判桌上签字，结束了战争。

1953 年 10 月，亮子从朝鲜战场回国，他接受组织的安排，到祖国最需要的地方去，到最艰苦的地方去，他主动要求回内蒙古支援边疆建设。

21 岁的亮子，背着行李，来到了内蒙古——他的第二故乡。

亮子回到内蒙古后，他把自己的姑妈和姑父也接到自己的身边，同自己生活在一起。

从此亮子就安心地参加农村集体劳动，他同社员群众一样，每天辛勤劳动。亮子很快成为全村的先进劳动者，担任生产队小组长、生产队长，成了全村的带头人。

他带领全村农民经过努力，发展生产，努力提高全村人的生活水平，以提高粮食产量为主攻目标。通过深耕细作，大量施用农家肥，促进粮食产量，提高单产水平，亩产不到二百斤的小麦，提高到二百六十斤，亩产八十斤的莜麦和百十来斤的谷子也有所提高，就这几项，全村两千亩土地第一年就增收一万斤粮食，人均多收五十斤。二百口村民的生活水平提高了，也为国家做了贡献。

内蒙古中部农村，大多数地区地处干旱，半干旱地区，降雨量在一百毫米左右，无霜期只有一百多天。这里十年九旱，大风不断，对于农业生产自然条件十分差。在这样的农村环境和农业生产条件下，每前进一步都是非常困难的。

亮子召开生产队干部会议讨论打大井的问题。在综合研究了水源、资金、材料、工具技术等问题后，最后做出打大井的决议。

这时正是冬季农闲季节，全村老少齐动员开始着手打第一眼大井，但是打大井不是一帆风顺的，因为这里地下水缺乏，过去也有失败的教训。

地下水源在哪里？哪块地里地下水源丰富？谁也不知道。有些老农有经验也只能了解大概，又没有科学的手段来勘测水源的位置，只能群策群力。亮子找到有经验的老农，听取他们对打大井的建议，集中群众的智慧和力量，总结出一套降低失败率的方法。

决定一经做出，各项工作有条不紊地开展起来。

这第一眼大井在内蒙古高原严寒的冬季动土开工了。

人们拿着铁锹，镐头来到打井点，一镐一镐地刨起来，一锹一锹地铲起冻硬的土块。

没有材料，村民拿来自家的木料、绳子，缺什么拿什么。

全村社员按劳力分成三个组，每组打井劳动八小时，不分白天黑夜连轴转。

亮子被分配到第一组参加每日的打井劳动，他在泥泞的井下劳动从不缺一天工，大井一天天地往下挖，挖到八尺深时，下面的泥土就难向上扔了，只好用檩木盖起半个井口，绑起井架，用滑轮往上拉井下的泥土石块。

到了夜间，照明是用马灯，黑乎乎的夜间北风吹着十分的寒冷，可是每一个人都坚持在工作岗位上，没有一个说不干活的，没有一个想回家暖和睡觉的，大家决心不完成一天的任务绝不收工。

挖到有五六丈深的时候，终于挖出了一个泉眼，这是个好兆头，说明这个大井是找到了水源，是成功的，人们顿时喜笑颜开。

下一步的任务是抢水，这是关键一步。人们把早已准备好的大块石头，用滑轮吊下井去，把井帮砌起来，做到可靠牢固，经久不变形。

经过一冬的奋斗，第一眼大井胜利圆满地完工啦，紧接着人们开始平整土地，打畦子、刮垄沟准备利用这口大井的水浇灌这二十亩土地。

这二十亩耕地，以精耕、细作、密植为主，种上了优质小麦，小麦用锹产播种后，到秋季平均亩产630斤，20亩水浇地共收优质小麦12600斤，平均每人63斤小麦，比旱地每人增收43斤，亩产翻三倍。

就这样全村连续三年每年冬季农闲时打一眼大井，三年平均每人新增粮食120多斤，解决了农民群众最实际最困难的生活问题。

新增加了水浇地，可农家肥不足是不能增加产量的，全村有大牲畜一百来头，羊二百多只，每年积农家肥也不过三百立方米，只有多积肥、多施肥才能增加粮食产量。亮子思考着怎样才能多积肥呢？他在全体社员大会上说：“多积肥是每位社员的责任，只有大家共同努力，多积肥积好肥，施在耕地里，才能增加粮食产量。人们常言道：“种地不上粪，那是瞎胡混。”

可社员们说：“农村积肥是有限的，每家每户人粪尿和草木灰一年积下来的也只能够自己那点自留地用了，哪有多余的供集体用？”有人建议派人到县城掏大粪，县城厕所多大粪没有人掏，大粪堆积发臭已成了一个市镇难题，我们这里需要为什么不派人去掏呢？亮子接受了群众提出的建议，当时就决定召开队委会研究办法，经研究决定：

1. 派六名社员去县城掏大粪，愿去者自己报名；

2. 每掏一百斤记十分工；

3. 大粪掏出后，由村里派大车拉回来；

4. 自带工具、行李、米面、土豆等。

队委会决定后，亮子带头领上六个社员去县城安排相关事宜，没有房子，亮子带领这六人自己动手在城外搭起一个地窑子，保证六个人的居住，盘起了锅灶，保证吃饭，城外也保证掏回的大粪有个晾晒的地方，以防止当地市民讨厌。

就这样解决了水浇地的肥源，保证了粮食的稳产、高产。

经过几年的努力，亮子带领全村社员，在农牧业生产中走在了全乡的前列。人均粮食产量全乡第一，亩产全乡第一，超额完成国家的公粮上交，余粮全乡第一，税收全乡第一。全村农民的生活悄然发生了变化，改变了过去吃不饱，穿不暖的问题。

由于亮子成绩突出，被推选为大队党支部书记，这时他肩上的担子更重了，摆在他面前的任务十分繁杂。

全大队有六个自然村，两千多口人，一万八千亩耕地。亮子作为大队书记，要带领一班人，把全大队各项工作搞上去。

他跑遍了六个自然村了解情况，听取群众和村干部的意见，掌握第一手资料，经过三年的奋斗，全大队实现了两千亩水浇地，人均增收三百斤的粮食产量，同天斗，同地斗，同自然灾害斗的努力没有落空，为国家多交了粮食，为群众多得了利益，扛过了三年自然灾害，得到了广大群众的拥护，也得到了上级党组织的赞成和肯定，他全心全意为人民服务的思想，结出了丰硕的果实。

由于亮子在大队支部书记职位上所做出的成绩显著，被破格提拔为乡党委副书记。

就这样，亮子先后任乡党委书记，县委副书记，书记，地委书记等职。他每在一个职位上都尽职尽责，努力为党为群众谋利益。

1996 年亮子退休了，他退休后放弃了城市生活，又回到了自己的家乡搞植树造林，绿化荒山荒坡，发展林业，改善生态环境，发挥自己的一点余热，取得了植树造林超百亩的好成绩，亮子于 2014 年去世，享年 83 岁。

这就是亮子的一生，这就是亮子的梦。